星空集

柯楚 著

西安交通大学出版社
XI'AN JIAOTONG UNIVERSITY PRESS

图书在版编目(CIP)数据

星空集/柯楚著.—西安:西安交通大学出版社,2023.6
ISBN 978-7-5693-3326-8

Ⅰ.①星… Ⅱ.①柯… Ⅲ.①诗词—作品集—中国—当代 Ⅳ.①I227

中国国家版本馆 CIP 数据核字(2023)第 122685 号

	XING KONG JI
书　　名	星空集
著　　者	柯　楚
责任编辑	祝翠华　韦鸽鸽
责任校对	刘莉萍
出版发行	西安交通大学出版社
	(西安市兴庆南路1号　邮政编码710048)
网　　址	http://www.xjtupress.com
电　　话	(029)82668357　82667874(市场营销中心)
	(029)82668315(总编办)
传　　真	(029)82668280
印　　刷	西安五星印刷有限公司
开　　本	710mm×1000mm　1/16　印张 21.875　字数 186 千字
版次印次	2023 年 6 月第 1 版　2023 年 6 月第 1 次印刷
书　　号	ISBN 978-7-5693-3326-8
定　　价	89.00 元

如发现印装质量问题,请与本社市场营销中心联系。
订购热线:(029)82665248　(029)82667874
投稿热线:(029)82665249

版权所有　侵权必究

序

诗词是中华文化的独特丰碑。目前,世界上有6000多种语言、2000多种文字。在全球影响力较大的十几种语言和文字中,汉语和汉字的表述最生动、最精准。在汉语和汉字的表述中,传统诗词的表述最精炼。中华诗词的表述效果,是其他语言文字难以望其项背的。

诗词是传情达意的高雅载体。诗词是述景写物、誉美传情的高雅表述形式。古今中外的各种表述形式,从未超越"黄河之水天上来""飞流直下三千尺""一蓑烟雨任平生""桃之夭夭,灼灼其华""蒹葭苍苍,白露为霜。所谓伊人,在水一方"之境界。

诗词是历史长河的璀璨明珠。中华历史源远流长,历史事件、杰出人物、雄文巨著等,浩如星海。但绝大多数只能作为充栋之馆藏,与世人的阅读渐行渐远,甚至被人遗忘。能让后人记住的、背过的,以诗词最多,我们能够通过诗词,形象地了解当时的情景。

诗词是人文情怀的重要标志。人乃万物之主,富有灵性，不应成为物欲之奴，应当具有人文情怀，这才是健康的人生。唐代，经济发展，人文丰盈，故会写诗填词者甚多。时下，人们的物质及文化水平远高于唐人，可能有写诗填词的水平，却无写诗填词的心情，是以难赋诗词。

诗词是当代传播的最佳形式。传统诗词，寥寥数语，少则 20 字，多则百余字，却能表现生动的社会现实，亦能记录日常生活的精彩片断，还可表达人们丰富的内心世界。特别是其韵律有致、朗朗上口、短小精悍的形式，非常适合当代人利用碎片化的时间来阅读和创作。

中华诗词，浩如烟海，博大精深，精妙绝伦，读之怡情，写之修心。笔者并非专业人士，写诗填词，纯属抛砖引玉，希望广大读者多读诗词、多写诗词，传承优秀传统文化。本集摘录了笔者 2021 年的部分作品，不妥之处，请各位读者批评指正。

我的邮箱 xakty@ sohu. com，微信号 894161969。

作者

2023 年 3 月 15 日于樊川

目录

七律·梅苑聚 / 1	阮郎归·长安冬晚 / 21
七律·寒梅诗 / 2	阮郎归·草堂冬 / 22
七律·风自语 / 3	一剪梅·感冬 / 23
七绝·长安小寒 / 4	一剪梅·人生(一) / 24
七律·过村野 / 5	一剪梅·人生(二) / 25
七律·隆冬梅 / 6	天净沙·山居 / 26
七律·隆冬夜 / 7	五律·题股民 / 27
七律·忆隆冬边关 / 8	七律·居樊川 / 28
行香子·春忆 / 9	五律·冬院 / 29
七律·大寒夜 / 10	七律·南山居 / 30
江城子·冬忆 / 11	五律·冬夜 / 31
七律·题隆冬 / 12	七律·题长安冬 / 32
七律·曲江冬夜 / 13	七律·早春忆 / 33
七律·樊川冬夜 / 14	五律·冬趣 / 34
五律·立春 / 15	五律·冬情 / 35
小重山·聚酒 / 16	七律·题悟道 / 36
七律·叹诗词 / 17	七律·夜归人 / 37
五律·冬 / 18	七律·除夕感叹辞 / 38
五律·雪花 / 19	七律·初一感怀 / 39
七律·曲江夜 / 20	七律·初二感怀 / 40

小重山·初春	/ 41	七绝·浐灞春	/ 66
七绝·题婆婆纳	/ 42	忆秦娥·春忆	/ 67
七律·樊川游	/ 43	七律·题宁强	/ 68
七律·初六感怀	/ 44	七律·汉中行	/ 69
五律·雨水	/ 45	七律·汉中春	/ 70
一剪梅·红梅	/ 46	七律·汉张良	/ 71
七律·题婆婆纳	/ 47	柳梢青·汉中春	/ 72
忆秦娥·初春	/ 48	临江仙·汉中春	/ 73
五律·初春	/ 49	行香子·汉中春	/ 74
临江仙·初春	/ 50	七律·汉中春行	/ 75
七律·杜公祠	/ 51	采桑子·阳春	/ 76
如梦令·初春	/ 52	七律·樊川居	/ 77
钗头凤·春忆	/ 53	采桑子·桃花落	/ 78
元宵圆字谣	/ 54	七律·过清明	/ 79
浣溪沙·晏友	/ 54	七律·清明过	/ 80
江城子·晏友	/ 55	蝶恋花·桃林春	/ 81
诉衷情·春	/ 56	七绝·桃花源	/ 82
七律·葱自语	/ 57	临江仙·海棠	/ 83
七律·长安冬	/ 58	七律·长安遇	/ 84
七律·散淡客	/ 59	题张良	/ 85
七律·惊蛰	/ 60	七律·樊川春	/ 86
七律·叹杜甫	/ 61	七律·樊川深春	/ 87
诉衷情令·春忆	/ 62	七律·春日黄昏	/ 88
七律·浐灞初春	/ 63	七律·春待友	/ 89
七律·浐灞春	/ 64	七律·江南春忆	/ 90
五律·浐灞春	/ 65	行香子·春忆	/ 91
春分桃园赋	/ 66	鹧鸪天·春忆	/ 92

诉衷情·春忆	/ 93	西江月·春忆	/ 120
七律·阳春忆	/ 94	临江仙·樊川黄昏	/ 121
五律·谷雨	/ 95	七律·题风	/ 122
七律·雨中缘	/ 96	七律·樊川秋居	/ 123
临江仙·阳春	/ 97	江城子·易水行	/ 124
七律·题阳台蔷薇	/ 98	七律·散淡居	/ 125
七律·叹杜甫	/ 99	七律·袁隆平	/ 126
七律·题杜甫祠	/ 100	七律·学苑夏	/ 127
浪淘沙·春雨后	/ 101	满庭芳·学苑	/ 128
七律·题花猫	/ 102	临江仙·别苑	/ 129
同学春聚	/ 103	七律·初夏情	/ 130
七绝·桃花坞	/ 104	临江仙·夏忆	/ 131
七律·劳动节	/ 105	七律·初夏月色	/ 132
七律·叹春暮	/ 106	小重山·夏	/ 133
七律·阳春忆	/ 107	采桑子·乐园	/ 134
江城子·春溢	/ 108	七律·泉城夏	/ 135
五律·立夏	/ 109	西江月·田园	/ 136
七律·故友聚	/ 110	七律·樊川夏夜	/ 137
七律·初夏感怀	/ 111	临江仙·夏	/ 138
江城子·夏夜	/ 112	五律·芒种	/ 139
七律·樊川初夏	/ 113	七律·高考有感	/ 140
卜算子·晨雨	/ 114	七律·南山访友	/ 141
七律·曲江聚	/ 115	七律·南山夏夜	/ 142
七律·逢阳春	/ 116	七律·世事感怀	/ 143
七律·食物自语	/ 117	七律·题西岳庙	/ 144
七律·同学聚	/ 118	七律·题辛丑端午	/ 145
行香子·因缘	/ 119	七律·夏夜情	/ 146

七律·樊川雨后	/ 147	五律·草堂初伏	/ 174
七律·盛夏樊川	/ 148	行香子·河洲夏忆	/ 175
小重山·河塘夏	/ 149	采桑子·夏夜	/ 176
七律·夏日荷花	/ 150	唐多令·春忆	/ 177
小重山·夏夜	/ 151	武陵春·春忆	/ 178
七律·夏日山居	/ 152	七律·盛夏春忆	/ 179
七律·夏日长安	/ 153	七律·盛夏情怀	/ 180
江城子·湖荷	/ 154	七律·盛夏自嘲	/ 181
七律·樊川古刹	/ 155	五律·夏夜	/ 182
七律·樊川暮雨	/ 156	五律·荷花	/ 183
七律·盛夏雨日	/ 157	五律·大暑	/ 184
七律·夏日荷花	/ 158	七律·题网友	/ 185
七律·夏日樊川	/ 159	七律·荷湖月色	/ 186
七律·樊川古刹	/ 160	七律·长安居	/ 187
临江仙·盛夏	/ 161	七绝·题野花	/ 188
七律·题燕子	/ 162	七律·故友聚	/ 189
七绝·纪念章	/ 163	七律·曲江荷塘	/ 190
七律·食物自语	/ 164	七律·樊川夏	/ 191
七律·逢阳春	/ 165	七律·题八一	/ 192
七律·盛夏晚聚	/ 166	七律·盛夏夜	/ 193
七律·草堂夏	/ 167	临江仙·梅山	/ 194
七律·草堂夏思	/ 168	七律·立秋	/ 195
五律·七七感怀	/ 169	七律·初秋	/ 196
五律·草堂初夏	/ 170	七律·初秋雨(一)	/ 197
五律·草堂初夏	/ 171	七律·初秋夜色	/ 198
七律·夏思	/ 172	七律·南山秋雨	/ 199
七律·草堂初伏	/ 173	鹊桥仙·七夕	/ 200

行香子·七夕	/ 201	定风波·师生	/ 228
七律·初秋雨(二)	/ 202	五律·樊川秋	/ 229
临江仙·初秋	/ 203	如梦令·秋	/ 230
临江仙·初秋夜	/ 204	七律·樊川深秋	/ 231
七律·五星汇	/ 205	七律·岁月歌	/ 232
七律·樊川居	/ 206	七律·题西瓜	/ 233
临江仙·填秋词	/ 207	五律·题绿叶	/ 234
七律·中元节	/ 208	七律·题鲜花	/ 235
七律·初秋月夜	/ 209	七律·清秋暮色	/ 236
七律·秦岭隐士	/ 210	七律·樊川赋	/ 237
七律·初秋畅意	/ 211	小重山·樊川夜	/ 238
临江仙·故园	/ 212	水调歌头·中秋	/ 239
西江月·秋夜	/ 213	七律·中秋荷塘	/ 240
五律·樊川秋居	/ 214	七律·长安秋	/ 241
五律·蚊	/ 215	七律·草堂秋	/ 242
忆秦娥·秋居	/ 216	七律·叹金钱	/ 243
七律·荷塘秋	/ 217	七律·樊川秋色	/ 244
七律·初秋菊	/ 218	七律·樊川秋意	/ 245
七律·叹秋荷	/ 219	五律·红枫	/ 246
五律·题抗战	/ 220	清平乐·秋叶	/ 247
五绝·紫薇	/ 221	一剪梅·秋思	/ 248
七律·叹秋色	/ 222	七律·樊川秋忆	/ 249
五律·白露	/ 223	临江仙·秋	/ 250
临江仙·秋	/ 224	五律·寒露	/ 251
行香子·秋思	/ 225	七律·樊川菊	/ 252
水调歌头·毛泽东	/ 226	西江月·樊川秋意	/ 253
七律·毛泽东(一)	/ 227	浪淘沙·樊川秋意	/ 254

临江仙·樊川秋忆	/ 255	七律·樊川惜秋	/ 282
西江月·樊川夜	/ 256	水调歌头·深秋	/ 283
七律·题秋意	/ 257	定风波·深秋	/ 284
天净沙·晚秋	/ 258	五律·送秋	/ 285
临江仙·秋村	/ 259	七律·樊川冬	/ 286
蝶恋花·秋意	/ 260	行香子·樊川初冬	/ 287
五律·眼睛	/ 261	五律·初冬	/ 288
七律·重阳节	/ 262	七律·荷塘初冬	/ 289
五律·樊川秋	/ 263	五律·初冬草堂	/ 290
七律·长安秋	/ 264	七律·初冬情	/ 291
七律·长安秋画	/ 265	行香子·初冬情	/ 292
七律·樊川秋色	/ 266	五律·灞河初冬	/ 293
五律·樊川秋野	/ 267	五律·樊川初冬	/ 294
五律·樊川秋声	/ 268	五律·樊川清晨	/ 295
五律·草堂秋	/ 269	七律·初冬录	/ 296
临江仙·红尘	/ 270	如梦令·冬聚	/ 297
五律·霜降	/ 271	七律·叹初冬	/ 298
七律·芳草赋	/ 272	一剪梅·小雪	/ 299
七绝·戏字谣	/ 273	七律·初冬夜	/ 300
七律·深秋送别	/ 274	五律·自题	/ 301
五律·长安秋	/ 275	江城子·冬意	/ 302
采桑子·樊川古寺	/ 276	七律·题晚菊	/ 303
长安秋色谣	/ 277	七律·终南山冬僧	/ 304
五律·芦苇	/ 278	临江仙·村翁	/ 305
清平乐·秋意	/ 279	阮郎归·灞河冬	/ 306
七律·题翠竹	/ 280	临江仙·南山初冬	/ 307
临江仙·恩怨云雾	/ 281	七律·灞河冬	/ 308

七律·灞水冬夜	/ 309	七律·深冬雾霾	/ 324
七律·冬夜读	/ 310	浣溪沙·深冬月夜	/ 325
采桑子·樊川冬夜	/ 311	七律·寒梅情	/ 326
七律·初冬独思	/ 312	七律·深冬自嘲	/ 327
南乡子·人生	/ 313	七律·题冬至	/ 328
七律·题大雪节	/ 314	七律·深冬感怀	/ 329
朝中措·樊川冬深	/ 315	七律·深冬樊川避疫	/ 330
七律·樊川冬深	/ 316	七律·毛泽东（二）	/ 331
行香子·樊川深冬	/ 317	临江仙·冬意	/ 332
临江仙·春雨	/ 318	七律·叹苍生	/ 333
七律·樊川雨后	/ 319	七律·居家夜思	/ 334
五律·雨后樊川	/ 320	采桑子·岁末感怀	/ 335
七律·深冬日暮	/ 321	七律·岁末感怀	/ 336
七律·深冬感怀	/ 322	后 记	/ 337
七律·深冬感	/ 323		

七律·梅苑聚

2021年1月1日

日暮围炉聚会迟，
风云数载自心知。
烛光溢彩迎新酒，
墨色飘香贺岁诗。

老去岂无霜染鬓，
冬来却有俏登枝。
三更醉饮惊窗外，
皓月今宵落曲池。

注：2021年元旦西安曲江池梅苑草就。

七律·寒梅诗

2021年1月2日

柳绿花红人不知，
欺风傲雪正开时。
凌寒吐秀仍常笑，
度冷经霜却久持。

暗动香波邀明月，
横舒瘦影绽铜枝。
虽枯不付红尘去，
玉骨丹心化作诗。

七律·风自语

2021年1月3日

聚露凝冰带雪来,
飞霜塑树踱瑶台。
催梅送冷清香散,
伴雨除霾重雾开。

入苑摇竹巡幻境,
游山戏水去蓬莱。
寻花问柳随心意,
皓月阳春俱入怀。

七绝·长安小寒

2021 年 1 月 5 日

天寒地冻小寒生,
冷雾浓霾避晚晴。
万木萧疏枯叶尽,
琼花玉树啸西风。

注:延安途中草就。

七律·过村野

2021年1月6日

夕阳西下入黄昏,
犬吠炊烟驻晚村。
不尽浓霞增暮色,
无边幼麦绘冬痕。

田间野兔绝尘去,
陌上寒梅静影存。
历尽沧桑思旧事,
铭心刻骨在乡津。

注:延安途中草就。

七律 · 隆冬梅

2021 年 1 月 7 日

孤身竟自斗严寒,
吐秀舒姿三九天。
卧雪横枝犹惬意,
凌霜展萼亦恬然。

清香伴月隆冬后,
浩气凌云丽日前。
正是山河天地冷,
迎来春色换人间。

七律 · 隆冬夜

2021年1月8日

青影孤灯壁影长,
西风冽冽瓦凝霜。
更深却盼天交曙,
叶尽尤期梅吐香。

宿雪寒流临碧水,
萌春暖意近红房。
坚冰漫道心飞远,
但备行装待启航。

注:延安途中草就。

七律·忆隆冬边关

2021年1月9日

相逢半日醉长安，
灞水揖别九月天。
铁马奔驰沣峪口，
旌旗漫卷雁门关。

疾风暴雪狼烟起，
峻岭荒沙号角连。
冷墨征衣书远意，
飞鸿一去万重山。

行香子·春忆

2021 年 1 月 10 日

满目春光,
遍地芬芳。
三江水、
浩浩汤汤。
轻舟踏浪,
靓袖歌扬。
看杏花白,
桃花艳,
海棠香。

东风和畅,
梅林无恙,
遇离人、
秀谷溪旁。
清波碧草,
小路悠长。
有一红亭,
一坛酒,
一衷肠。

七律·大寒夜

2021年1月11日

日暮天寒鸟入巢,
阴霾冻雾漫云霄。
浓霜落瓦冬风烈,
宿雪白山冷水遥。

小聚方觉情谊重,
大寒最爱酒香飘。
围炉畅饮述今古,
笑傲红尘袖暖袍。

江城子·冬忆

2021年1月12日

红霞日暮忆深秋。
紫云楼,玉笛悠。
碧草红枫,
落叶驻明眸。
望断白云缥缈处,
风烟淡,送轻舟。

高台把酒醉心头。
月如钩,意难收。
静夜无尘,
曲水付东流。
绚烂华灯成梦幻,
昔时景,却难求。

七律 · 题隆冬

2021 年 1 月 13 日

池塘碧水覆坚冰，
丽日披云御北风。
落木折枝悲野外，
行人袖手避家中。

梅如李杏犹招客，
柳似徐娘不惹蜂。
世事轮回皆有道，
花开叶落古今同。

七律·曲江冬夜

2021年1月14日

日暮江边独自游，
华灯溢簇纵歌喉。
风姿袖舞潇湘馆，
雪韵花飘仕女楼。

浅醉方知冬季冷，
深更尚感月光幽。
红尘世事如烟散，
但把心中净土留。

七律 · 樊川冬夜

2021年1月15日

炭火泥炉把酒温，
红梅绽放伫柴门。
潺声未断沣河水，
静影尤清皓月魂。

浅醉抒怀倚笔墨，
深冬畅意赋诗文。
横笛诉尽风云事，
暮色苍茫寄远村。

五律·立春

2021 年 1 月 16 日

云淡驻蓝天,
经冬宿雪残。
黄莺新换羽,
峻岭欲生烟。

日丽风尤净,
梅香色亦鲜。
河边萌嫩草,
陇上放纸鸢。

小重山·聚酒

2021年1月17日

大碗粗茶炭火红。
今夕逢故友、
酒千盅。
江湖雨雪度阴晴。
初心在、
不叹发如蓬。

把盏对苍穹。
高台呼玉帝、
下天宫。
五洲四海任平生。
邀日月、
结伴踏歌行。

七律·叹诗词

2021年1月18日

半世风尘少坦途，
心中净土未荒芜。
如烟往事融香墨，
似水芳华在玉壶。

旧友存心思过往，
新诗落纸记荣枯。
时光似水匆匆去，
把酒填词看月出。

五律·冬

2021 年 1 月 19 日

云低冷雾浓,
大地历隆冬。
陋室寒风满,
清堂月色空。

霜栖衰草地,
雪落旧花丛。
不负湘竹意,
梅枝泛俏红。

五律·雪花

2021年1月20日

幽身任我行，
不与万花争。
畅意别天界，
倾情抱古城。

寒冬飘锦绣，
冷梦落空明。
瑞影和风舞，
魂归大地中。

七律 · 曲江夜

2021 年 1 月 21 日

曲江碧水映华灯,
日暮相约聚古城。
对酒高歌招冷月,
登楼远望叹苍松。

时光易去皆成幻,
世事难捱俱是空。
正是天寒欺万物,
红梅浅笑唤东风。

阮郎归·长安冬晚

2021年1月22日

长安日暮露凝霜,
冬深暗夜长。
残秋落叶赴夕阳,
天清月色凉。

兰花绽,散幽香,
窗前望海棠。
精杯玉酒诉衷肠,
填词赋远方。

阮郎归·草堂冬

2021年1月23日

茅斋日暮望斑竹,
枝青叶未疏。
疏财淡禄富诗书,
人闲意不孤。

花溶酒,炭融炉,
狼毫翰墨涂。
深更浅醉似当初,
芝兰溢玉珠。

一剪梅·感冬

2021年1月24日

不尽春秋自徐行。

盛夏寒冬,

雨雪阴晴。

星移斗转未曾停,

日月匆匆,

大地长空。

莫道人生五味浓。

道路崎岖,

际遇峥嵘。

千山万水任从容,

笑看得失,

淡对枯荣。

一剪梅·人生（一）

2021年1月25日

半世人生似绘图。
翰墨丹青，
细画精涂。
山重水复是征途，
雨雪江湖，
胜负赢输。

福依祸事祸伴福。
成败得失，
加减乘除。
功名利禄尽归无，
笑看沉浮，
淡对荣枯。

一剪梅·人生（二）

2021 年 1 月 26 日

二亩方田半亩竹。
性本耕读，
散淡农夫。
黄菊院内绽芳姿，
垄上挥锄，
日暮回屋。

桂酒飘香在玉壶。
炭火泥炉，
案上兰株。
举杯对月话当初，
笔下诗词，
架上藏书。

天净沙·山居

2021年1月27日

青山绿谷白云，

翠竹溪水深林，

栈道长空小镇。

门前路尽，

草堂风细无尘。

五律·题股民

2021年1月28日

暗做发财梦，

盲然入市中。

加仓红变绿，

出手绿翻红。

涨势无缘遇，

跌盘未见停。

庄家抿嘴乐，

散户被圈空。

七律·居樊川

2021年1月29日

漫漫人生煞费神，
何妨索性忘红尘。
书山悟道脱愚钝，
史册寻舟渡迷津。

炭火烹茶充雅士，
瑶琴奏曲做山人。
清心少欲无忧虑，
丽日如金月似银。

五律·冬院

2021年1月30日

落叶乱纷飞,
晨兴夜半归。
兰香融翰墨,
月色入柴扉。

力小尤勤勉,
人微不自卑。
寒冬一退去,
小院又芳菲。

七律·南山居

2021年1月31日

漫漫红尘终化虚,
机关算尽不如愚。
云裁羽氅披山岭,
雾送绫纱罩柳躯。

栈道溪边无人迹,
竹林水畔有仙居。
横笛赋曲招白鹭,
酿酒篱旁去采菊。

五律·冬夜

2021年2月1日

日暮起浓霾,
初冬草木衰。
常迎故友至,
未见丽人来。

月色明柴院,
兰香入砚台。
三更思绪远,
翰墨录情怀。

七律·题长安冬

2021年2月2日

长安冬季意迟迟,
不见寒霜抱玉枝。
但有秋温留老叶,
犹存墨韵赋新诗。

春光有意梅先懂,
月色含情夜自知。
待到桃花红灞上,
樊川正是踏青时。

七律·早春忆

2021年2月3日

曾经有梦梦中谁，
踏遍南山雁影随。
灞水青堤花作伴，
轻舟弱柳月相陪。

竹笛诉曲微抒意，
翰墨飘香浅画梅。
但见凌霄萌新叶，
风清日暖又春回。

五律 · 冬趣

2021年2月4日

落日下西山，

红霞溢满天。

方知冬已至，

顿感夜尤寒。

茶酒邀人品，

诗词独自填。

红尘多少事，

一并化云烟。

五律·冬情

2021年2月5日

做事重求精，
勤劳不为名。
胸中存戒律，
袖内有清风。

日暮激情溢，
冬深酒盏空。
狼毫书尺素，
炼句至三更。

七律·题悟道

2021年2月8日

是是非非有化无,
前因后果在当初。
青亭悟道心如水,
绿苑横笛意似竹。

但有华章成梦幻,
而无捷径渡迷途。
人间正道勤为径,
切莫投机妄自束。

七律·夜归人

2021 年 2 月 10 日

平生性本爱金樽，
落叶飞花簇院门。
皓月无声犹照地，
清风有意且宜人。

回村窄路梅依旧，
入夜茅庐酒正温。
把盏抒怀酬既往，
高歌一曲送黄昏。

七律·除夕感叹辞

2021年2月11日

环境堪忧并疫魔,
不燃烟火不开车。
阴霾泄落三千里,
污染指数二百多。

就地迎新已若此,
居家辞旧又如何。
除夕之夜刷微信,
闭户关窗闷酒酌。

七律·初一感怀

2021年2月12日

似水时光始未停，
云烟既过忘曾经。
犹存宁静尊天地，
勿令纷繁扰视听。

笔墨诗词书皓月，
得失成败化清风。
凭阑翘首南天外，
浩瀚星辰遍太空。

七律 · 初二感怀

2021 年 2 月 13 日

昔年市井遍华灯，
此夜皆无炮仗声。
但有轻车行宽路，
犹存细雨落古城。

遵规抗疫千般愿，
守夜修身一片情。
寄语天涯凭短信，
相约二月踏青行。

小重山 · 初春

2021年2月14日

一树红梅掩院门。
寒冬行渐远、
又初春。
风轻日丽了无云。
斑竹静、
喜鹊唱黄昏。

雁去未留痕。
杯中生百味、
品红尘。
瑶琴醉抚已更深。
清平乐、
寄意杏花村。

七绝 · 题婆婆纳

2021 年 2 月 14 日

初春万木色犹衰,
但有林中紫蕊开。
势小身卑花自绽,
香微却引蜜蜂来。

七律·樊川游

2021年2月16日

夕阳西下映南山，
满目红霞荡紫烟。
古刹轻香融晚黛，
潏河碧水润樊川。

红梅俏立风尤细，
冷梦飘飞夜尚寒。
静伫高亭思绪远，
银河星浪入阑干。

注：正月初五于樊川公园所作。

七律 · 初六感怀

2021 年 2 月 17 日

风和日丽遍春光,

大地悄悄化淡妆。

冻麦回青湖水静,

红梅再艳蜜蜂忙。

难得陌上三春晓,

不负人间一季香。

二月如诗今莫待,

南山赏尽碧云祥。

五律·雨水

2021 年 2 月 18 日

弱柳舞清风,

田塬麦返青。

新芽齐破土,

宿鸟竞争鸣。

紫燕回江北,

白云过岭东。

春归逢雨水,

梅秀扮群峰。

一剪梅·红梅

2021年2月19日

料峭寒梅傲雪开。
绕院环台,
蜂至蝶来。
无声浅笑面红白,
皓月披身,
玉露依怀。

吐尽芳华色亦衰。
玉殒香消,
竞化尘埃。
缤纷英落奈何哉,
艳骨横陈,
捧土湮埋。

七律·题婆婆纳

2021年2月20日

生来岂为进豪门,
叶小身微本色真。
但愿凌寒舒绿色,
何曾趋势竞红尘。

修得静适清纯意,
换取逍遥自在身。
世事风云多变幻,
阴晴从未忘初心。

忆秦娥 · 初春

2021 年 2 月 21 日

春归早,
红梅竞秀疏枝俏。
疏枝俏,
淡香浮动,
影横弯道。

樊川醉酒寻芳草,
清风笑我花间倒。
花间倒,
江山吐秀,
绿催人老。

五律·初春

2021年2月22日

陌上麦苗青,
群童放纸鹰。
红梅黄蕊秀,
绿水碧波清。

嫩柳随风荡,
游人踏垄行。
樊川农事早,
处处见春耕。

临江仙 · 初春

2021 年 2 月 23 日

凛凛寒冬离去，
村边宿麦回青。
红梅浅笑暗香浓。
高枝闻喜鹊，
小路遍花红。

红杏含苞欲放，
招来食色群蜂。
路边芳草现春情。
田园农事早，
垄上顾春耕。

七律·杜公祠

2021年2月24日

细雨绵绵始未休,
乌云密布伴寒流。
神禾塬上梅花落,
皇子坡前墨客游。

杜甫忧心书苦难,
潏河碧水阅春秋。
少陵野老常贫困,
文字华章万古留。

如梦令·初春

2021 年 2 月 25 日

二月梅花吐秀,

杨柳嫩芽初透。

宿草竞萌生,

人与凌霄俱瘦。

相候,相候,

风至幽香满袖。

钗头凤·春忆

2021年2月26日

春风度,桃花坞,
莫愁湖畔心神驻。
梅山路,红芳树,
曲径通幽,
信天闲步。
暮、暮、暮。

咸阳渡,挥别处,
晚霞落日沙滩鹭。
独回顾,诗词赋,
朗月如钩,
暖风再度。
慕、慕、慕。

元宵圆字谣

2021 年 2 月 26 日

日圆天圆月亮圆,
汤圆桂圆荔枝圆。
家圆国圆圆天下,
事圆情圆美梦圆。

浣溪沙·晏友

2021 年 2 月 27 日

日暮华灯染玉楼,
轻歌曼舞彩云流,
青丝泄落丽人头。

桂酒融情述旧事,
挥毫寄志忘新愁。
坛翻月落意难休。

江城子 · 晏友

2021年2月28日

灞柳垂堤舞轻风,
正初冬,未凝冰。
秦岭苍苍,
云淡散晴空。
别去十年迎故旧,
人将至,远舟停。

古渡黄昏淡雾生,
水天融,晚霞红。
雁苑竹林,
把盏忆曾经。
日暮围炉述往事,
下弦月,入窗棂。

诉衷情·春

2021年3月1日

梅花峻岭渡白云,
小路绽阳春。
清风玉树深处,
邂逅遇离人。

芳似俏,
草如茵,
意犹真。
幽香暗递,
蜂蝶曼舞,
蕊落一身。

七律·葱自语

2021年3月2日

百合与我是同宗，
位列神农百草经。
俯首何妨泥与土，
捐躯岂为利和名。

平生脆辣心性烈，
世代清白体色青。
但愿人间添美味，
赴汤蹈火任煎烹。

七律·长安冬

2021年3月3日

冷露清霜灞柳殇，
西风凛冽过城墙。
蒲葵有怨将扇舞，
喜鹊无声把影藏。

野地荒丘多旧址，
皇宫紫殿少君王。
长安不尽兴衰事，
月色寒光照未央。

七律·散淡客

2021年3月4日

陋室藏书九丈高，
皆无细品两三遭。
闲来不想翻经史，
静坐无心动笔毫。

案上浮尘从未掸，
门前落叶任由飘。
青春岁月尤珍贵，
老大徒悲斗志消。

七律·惊蛰

2021年3月5日

梅花渐落化尘烟,
宿麦回青绿满田。
乍醒蛰惊春落地,
新发叶嫩雾连天。

清风送爽佳人笑,
红杏出墙墨客欢。
此去城东观灞柳,
轻舟碧水下南山。

七律·叹杜甫

2021年3月6日

慨叹人生奈若何,
时光荏苒自消磨。
食难果腹欢情少,
发不盈颠病患多。

子美草堂升冷月,
少陵野老著悲歌。
华章异彩江山注,
几度芳华付碧波。

诉衷情令·春忆

2021年3月7日

阳春独自下金陵,

不意再相逢。

蓝田别去十载,

玉暖佩前胸。

梅似海,

杏花红,

海棠清。

风情万种,

淡蕊香风,

未变初衷。

七律·浐灞初春

2021年3月8日

浐灞阳春草泛青，
经冬万木嫩芽生。
银弦玉指招弯月，
紫袂佳人唱晚风，

水碧湖平飞柳绿，
花香径窄落梅红。
廊桥漫道离亭在，
且赋诗词寄远鸿。

七律·浐灞春

2021年3月9日

数日流连韵味浓，
云烟浩渺付东风。
蓝衣玉带轻舟荡，
弱柳黄芽淡雾朦。

万树菲桃争秀色，
一湾碧水泛潮红。
夕阳渐落绢霞溢，
共赏如钩皓月明。

五律·浐灞春

2021年3月20日

嫩柳抚青堤,

湖心白鹭栖。

云生秦岭上,

雨过灞河西。

草盛桃花艳,

风香素女嘻。

芳魂萎落处,

叹玉赋无题。

春分桃园赋

2021 年 3 月 21 日

桃花山里桃花源,
桃花源中桃花潭。
桃花潭前桃花路,
桃花路遇桃花仙。

注:游长安万亩桃园所作。

七绝·浐灞春

2021 年 3 月 22 日

水畔桃花簇簇红,
如丝嫩柳舞东风。
白云一去十三载,
但剩离亭在古城。

忆秦娥·春忆

2021年3月23日

轻舟荡,
红梅绽放南山上。
南山上,
青衣花海,
路幽莺唱。

而今不是春模样,
青丝茌苒三千丈。
三千丈,
夕阳西下,
仰观星浪。

七律·题宁强

2021 年 3 月 24 日

坐踞秦岭枕巴山，
贯北通南汉水边。
玉带涓流江入海，
白龙细雨草连天。

浮云溢岭观花路，
落雾横桥揽翠轩。
古镇炊烟融晚黛，
深林秀壑住神仙？

七律·汉中行

2021年3月25日

沃野金邱峻岭埋,
奇花异草竞相开。
轻风过处朱鹮落,
朗月升时猎豹来。

圣谕神碑智果寺,
龙庭赤帝汉王台。
集南纳北山川秀,
遍地遗存看盛衰。

七律·汉中春

2021 年 3 月 26 日

谁持巨笔绘梯田？
恰似仙衣醉卧山。
碧草和烟妆谷底，
桃花映日染云端。

风临玉树催红杏，
燕落琼枝唱紫鹃。
再入竹林寻旧地，
海棠依旧笑蓝天。

七律·汉张良

2021年3月27日

清风皓月慰留侯，
少壮何曾忘国忧。
博浪飞锤诛暴虐，
圯桥进履著春秋。

明修栈道谋无际，
暗渡陈仓计不休。
万古帝师成伟业，
抛名弃利伴神游。

柳梢青·汉中春

2021年3月28日

碧水白砂,

桃红柳绿,

嫩草勃发。

雨后蒹葭,

清新素面,

风动沙沙。

江边日暮飞霞,

空中月,

柔光似纱。

水畔鸣蛙,

幽香暗渡,

夜色春花。

临江仙·汉中春

2021年3月29日

拂面微风吹柳,
依城汉水奔流。
春光绿意上枝头。
青堤红杏笑,
翠岭彩云游。

十里桃花吐秀,
一江碧水行舟。
东升皓月映西楼。
当初挥别去,
再聚却无由。

行香子 · 汉中春

2021 年 3 月 30 日

日暮江滨，
霞彩缤纷。
清风溢、
玉面阳春。
东行碧水，
细浪粼粼。
对岸边柳，
芳草路，
翠竹林。

随风漫步，
前程莫问，
落英飘、
簌簌纷纷。
青丝朗目，
素袖蓝裙。
叹雾中花，
空中月，
梦中人。

七律·汉中春行

2021年3月31日

开疆拓土忆凿空,
岁月徐行锦绣中。
紫燕衔香穿绿柳,
青梅煮酒聚红亭。

秦楼烟雨朝夕异,
汉室风云今古同。
褒斜栈道闲行处,
却是悠悠史册行。

注:凿空意为张骞开通丝路。

采桑子 · 阳春

2021 年 4 月 1 日

无边细雨惊晨梦,

柳绿桃红。

杏苑兰亭,

竞唱黄白避雨莺。

清风料峭长廊静,

嫩叶初生。

碧草回青,

大地人间尽是情。

七律·樊川居

2021年4月2日

房前院后绽桃花，
早沐朝阳晚看霞。
日暮邻村沽桂酒，
月明近水话桑麻。

清塘泥厚方植藕，
沃土肥多已种瓜。
春夏秋冬自有序，
从容不迫是农家。

采桑子·桃花落

2021年4月3日

桃花夜半无声去，
细雨无情。
浸落群英，
点点芳魂入草丛。

玉殒香消高枝败，
仅剩残红。
浩荡东风，
竟不怜香弃旧情。

七律·过清明

2021年4月4日

轻风细雨过清明，
宿草勃发遍地青。
杏苑桃花舒秀色，
门庭李树落香红。

飞花似雪应知意，
嫩柳如丝最懂情。
怎奈植花人已去，
芳英漫卷忆先铭。

七律·清明过

2021年4月5日

雨送微寒树送阴,
清明已过又春深。
飞花有泪悲风雨,
去水无情叹古今。

岁月苍桑成梦幻,
功名利禄化烟尘。
青山不老观天地,
四季轮回醒世人。

蝶恋花·桃林春

2021年4月6日

萼瓣清晨承雨露。
点散霞珠,
阵阵清香吐。
烈烈红花簇桃树,
餐芳弄粉蝶无数。

夭夭玉面高枝住。
溢色舒姿,
不似人间物。
眷恋林中青草路,
谁能尽把春留住?

七绝·桃花源

2021年4月7日

桃源尽在此山中,
嫩蕊清香烈烈红。
路尽登舟寻故旧,
倚石把酒醉春风。

注:铜川夜途草就。

临江仙·海棠

2021年4月8日

点点红蕾绽放,
嫣然笑看红尘。
舒颜献玉唤阳春。
听钟居古刹,
展秀伫寒门。

冷露晶莹著面,
清风毓秀披身。
芬芳不语自凝神。
周边非过客,
俱是爱花人。

注:铜川郊外草就。

七律·长安遇

2021 年 4 月 9 日

花开花落已春深,
嫩叶勃发未染尘。
锦瑟年华逐碧水,
斑斓梦想化空文。

曾临杏谷寻新燕,
再至桃源遇故人。
把酒高亭述既往,
填词醉揽月一轮。

题张良

2021 年 4 月 10 日

不恋利与名,
殷殷家国情。
身追赤松子,
以报黄石公。

七律·樊川春

2021年4月11日

嫩叶春深渐已丰,
桃花玉露笑东风。
梅青不碍枝节瘦,
梦浅犹觉酒意浓。

弃卷烹茶居杏苑,
填词赏月在竹丛。
门前柳静无车马,
散淡樊川一老翁。

七律·樊川深春

2021 年 4 月 12 日

灞柳依依四月天,
青堤漫步忆华年。
春光灿烂凭山落,
燕影空灵近水喧。

我把轻风收衣袖,
天将淡绿注樊川。
初衷已了缘何故,
静抚瑶琴却断弦。

七律·春日黄昏

2021 年 4 月 13 日

草木萌发簇嫩芽,
青砖碧瓦是谁家?
竹笛再恋红楼月,
玉露犹沾紫苑花。

半世相知凝翠柳,
千般隽秀化丹霞。
群芳也羡春光好,
竞散幽香气若华。

七律·春待友

2021 年 4 月 14 日

桃花落尽海棠新，
嫩叶葱葱未染尘。
紫燕衔香呼细雨，
青茶注盏待离人。

每逢故友千杯少，
恰遇仓房五谷存。
柳絮纷纷追忆远，
竹园待客在黄昏。

七律·江南春忆

2021 年 4 月 15 日

清风明月不相识,
明月常来探故知。
燕子洲头临碧水,
桃花坞里渡良时。

梅山小路登峰顶,
杏苑高亭赋荷池。
朗夜无尘天地阔,
新芳嫩蕊遍高枝。

行香子·春忆

2021 年 4 月 16 日

画舫临风,
顺水徐行。
白沙岸、
聚鹭栖鸿。
平江远眺,
雾笼烟汀。
看苇溪清,
石溪畅,
玉溪明。

夕阳烂漫,
红霞暗动,
月东升、
对酒金陵。
梅园朗夜,
共续初衷。
叹梦尤深,
云尤淡,
意尤浓。

鹧鸪天·春忆

2021 年 4 月 17 日

常忆江南二月行，
天蓝草碧水波清。
相依画舫栏边鹭，
畅享桃花树下风。

红梅岭，杏林峰，
推杯换盏醉金陵。
择词炼句三更后，
夜色阑珊似梦中。

诉衷情·春忆

2021 年 4 月 18 日

轻舟踏浪下江南,
碧水映白帆。
竹笛阵阵声漫,
吟啸望梅山。

青草岸,
艳阳天,
秀无边。
风清云淡,
蝶舞蜂攀,
满目红颜。

七律 · 阳春忆

2021 年 4 月 19 日

常忆梅山沐晚霞,
层峦粉黛似红纱。
薄云渐暗生情愫,
皓月初升映水华。

秀谷同行成词赋,
高亭对饮品清茶。
来年二月春风度,
再上轻舟踏浪花。

五律·谷雨

2021年4月20日

细雨润樊川,
环村柳吐烟。
桃花酬沃土,
桑叶慰春蚕。

绿麦枝节壮,
青茶韵味鲜。
清和逢旺汛,
布谷唱丰年。

七律·雨中缘

2021年4月21日

细雨霏霏暮巷幽,
春风此刻冷如秋。
雨中相遇雨中去,
伞下结缘伞下休。

四世三生融玉酒,
千山万水付轻舟。
孑然望断云烟路,
却是青衣未转头。

临江仙·阳春

2021年4月22日

弱柳随风飘动,
山川处处春浓。
翻飞紫燕入花丛。
林中天色暗,
大地晚霞红。

月下择词填赋,
竹园俏影朦胧。
云轻雾淡静无声。
千思成梦幻,
万里共长空。

七律·题阳台蔷薇

2021 年 4 月 24 日

蔷薇岁岁扮阳春,
皓月年年照故人。
夜至阳台花满露,
人归柳苑月盈轮。

惜花理叶香沾袖,
赏月拥风影落身。
月下观花花有意,
如银月色入花心。

七律·叹杜甫

2021年4月25日

兀自樊川草径游，
连天细雨未曾休。
少陵塬上参野老，
皇子坡前叹水流。

似此人生居患难，
诸般世事陷沙丘。
诗词字赋千篇秀，
落魄江湖万事忧。

七律·题杜甫祠

2021年4月26日

日暮樊川草径游，
东升皓月映西楼。
少陵塬上参野老，
皇子坡前叹水流。

似此人生居患难，
如何世事陷沙丘。
诗词字赋千篇秀，
落魄江湖老未休。

浪淘沙·春雨后

2021 年 4 月 27 日

把酒阅春秋,
岁月悠悠。
芳华易去不长留。
点点残红消夜雨,
嫩叶无忧。

独自伫塬头,
逝水东流。
红尘世事未曾休。
此去南山云雾路,
畅意云游。

七律·题花猫

2021年4月28日

貌美身轻脚步灵，
独来独往任从容。
牙尖爪利龙蛇惧，
体健须横虎豹惊。

狩猎专心凭慧眼，
偷腥纵意靠痴情。
何堪生肖争排序，
不恋荣华不弃穷。

同学春聚

2021 年 4 月 29 日

今夕聚古楼,
把酒话春秋。
谈笑仍着面,
风霜已染头。

韶光皆易去,
岁月势难留。
淡却浮云事,
心闲意自悠。

七绝·桃花坞

2021 年 4 月 30 日

桃溪小路探阳春,
烈烈红枝似彩云。
半掩竹扉人不在,
飞花遍地秀拥门。

七律·劳动节

2021年5月1日

怜生悯物不奢华，
处事须怀国与家。
柴米油盐凭劳作，
被褥衣冠靠桑麻。

诚实信义修清誉，
书画琴棋品淡茶。
埋首躬身行善举，
得来必是泰祥花。

七律·叹春暮

2021年5月2日

春光渐远向天涯,
暮雨残芳浸露华。
但顾红蕾出秀色,
何堪粉蕊赴黄沙。

尤怜俏面凋幽径,
未念琼枝孕嫩芽。
感叹今失林黛玉,
无人落泪葬飞花。

七律·阳春忆

2021年5月3日

万里春风绿古城,
犹怀峻岭赏梅红。
心仪玉盏洋河酒,
月映沙洲碧水情。

曲径寻幽芳草密,
轻舟踏浪白云轻。
填词寄远托微信,
独对琉樽至五更。

江城子 · 春溢

2021年5月4日

郁郁葱葱五月天，
望南山，绿无边。
滈水清波，
两岸众芳妍。
弱柳依依生倒影，
随风动，自缠绵。

把酒倚竹抚琴弦，
墨兰轩，海棠前。
岁月如歌，
缱绻意流连。
往日激情今尚在，
投星火，亦燎原。

五律·立夏

2021年5月5日

碧水涨沙堤,

初荫蔽旧居。

莺飞云淡淡,

雨过草萋萋。

柳绿新芽翠,

竹青嫩叶稀。

植菊兰苑后,

开柜换单衣。

七律·故友聚

2021年5月6日

芳华褪去越阳春,
嫩叶新枝未染尘。
淡月深残星似火,
青丝尽谢发如银。

轻风抚面云天碧,
炭火烹茶韵味真。
把酒归真述既往,
今夕俱是自由人。

七律·初夏感怀

2021年5月7日

四季轮回无始终，
繁华褪去化平庸。
鸿鹄壮志人生短，
草木青颜枝叶丰。

老至方知成与败，
花开已定败和荣。
贪嗔利欲终成幻，
假假真真俱是空。

江城子·夏夜

2021年5月8日

入夏黄昏月色明,
翠竹青,沐和风。
柳苑兰亭,
月季暗香浓。
绿草池塘召远意,
新荷叶,渐成篷。

碧水轻舟古渡东,
木廊空,静无声。
往事非烟,
不尽故人情。
浩瀚苍穹连旷野,
群星淡,玉笛横。

七律·樊川初夏

2021年5月9日

四月繁花转瞬空，
新发嫩叶又荫浓。
寻凉自有竹林路，
近水无缺柳苑风。

古刹一更击暮鼓，
樊川十里荡晨钟。
悟道修身参万物，
访罢佛家访道家。

卜算子·晨雨

2021 年 5 月 10 日

风唤雨绵绵,
无雨人挥汗。
数日多云欲变天,
却尽飘飞散。

昨夜降甘霖,
雨润青竹苑。
小巷村姑买杏声,
手把青花伞。

七律·曲江聚

2021年5月11日

立夏烹茶聚会时，
风霜雨雪自心知。
华灯溢彩葡萄酒，
翰墨飘香妙趣诗。

友至方觉花映面，
风来总有鹊登枝。
更深醉饮出门外，
皓月今夕落曲池。

七律·逢阳春

2021 年 5 月 12 日

惊鸿一瞥曲江前,
面似桃花气若兰。
浅笑深情随柳动,
轻衣黛发任风攀。

飞英漫卷香盈袖,
落玉缤纷墨披肩。
紫燕轻歌春有意,
白云晚醉乐游塬。

七律·食物自语

2021年5月13日

原为珍馐与膏粱，
献给苍生裹肚肠。
历雪经霜存府库，
随烹就煮在厨房。

熟身总被吞饥腹，
遗体终遭弃秽方。
撒向田间植物壮，
犹得五谷稻花香。

七律·同学聚

2021年5月15日

散去容易再难逢，
皓首苍颜聚古城。
岁月无涯人亦老，
芳华有尽意尤浓。

曾书翰墨风传信，
又伴繁星网送情。
校苑兰竹今未至，
不知是否忘梁兄。

行香子·因缘

2021年5月16日

一段情真,
一往情深。
一翰墨、
一笔千钧。
一夕细雨,
一夜风云。
有镜中花,
水中月,
梦中人。

一方小院,
一房茶韵,
一庭菊、
一扇柴门。
一绢尺素,
一片丹心。
有万般思,
千般果,
百般因。

西江月·春忆

2021 年 5 月 17 日

梅岭层芳逸动,
桃江净水通灵。
轻舟踏浪沐东风,
不尽阳春胜境。

绿柳黄芽飘絮,
青堤碧草藏莺。
林中小路至高亭,
把酒出言成颂。

临江仙·樊川黄昏

2021 年 5 月 18 日

灞水河边青柳,
长堤堰下黄沙。
清流细浪向天涯。
炊烟升绿野,
阡陌有人家。

院外遮天竹叶,
篱中遍地菊花。
橘猫蹑步戏鸡鸭。
柴门生淡雾,
照壁落浓霞。

七律·题风

2021年5月19日

消于草莽起青萍,
道是无情亦有情。
倒海翻江兴恶浪,
寻花问柳化寒冰。

飞沙障目三冬冷,
送暖催春二月红。
是是非非说不尽,
千秋功过任人评。

七律·樊川秋居

2021年5月20日

粗茶淡饭布衣襟,
绿树浓荫草木深。
忘却红尘名与利,
珍惜陋巷朴和真。

临风偶尔生诗意,
近水时常念旧人。
日暮香菇煨野菜,
竹风送爽慰清心。

江城子 · 易水行

2021 年 5 月 21 日

易水河边柳色浓，
山尤青，草如坪。
绿野白杨，
岭上淡云轻。
戏水摸鱼烧烤客，
嘻嘻处，纳凉风。

曾记当年壮士行，
气如虹，白日明。
置酒击筑，
吟啸贯长空。
策马高歌无反顾，
诛强暴，著恢弘。

七律·散淡居

2021年5月22日

余生闭户守寒家，
惯看白云品绿茶。
把酒怡情思警句，
出庭漫步种菊花。

风临陋室心如镜，
雨落苍山雾似纱。
忘却曾经纷乱事，
炊烟袅袅散天涯。

七律·袁隆平

2021年5月24日

经声佛号未曾灵,
幸有慈航渡众生。
垄上察墒如野老,
田间戴笠似神农。

殚精竭虑功德满,
育种劳神稻谷丰。
云飞雨落追国士,
地动山摇送袁公。

七律·学苑夏

2021 年 5 月 25 日

梧桐绿柳已荫浓,
静水无波映碧空。
望雁怜花酬远意,
挥毫蘸墨诉初衷。

无边秀色皆相异,
有道深思各不同。
往事随风终散去,
红亭暂坐忆曾经。

注:于全国宣传干部学院。

满庭芳·学苑

2021 年 5 月 26 日

满目层峦,
岭苍云淡,
世间清静学园。
翠竹林畔,
藤蔓绕楼前。
树密风凉草碧,
小桥下、流水潺潺。
凭阑望,
燕山漫漫,
雁舞碧湖边。

心闲,
足放慢,
观莺赏燕,
群鹊歌喧。
月季花争艳,
杨柳翩翩。
桃李青梅结串,
山楂果、聚簇枝端。
听风苑,
霞拥月伴,
悟道圣泉山。

注:题全国宣传干部培训学院怀柔校区。

临江仙·别苑

2021年5月27日

昨夜彩云追月,
今朝峻岭葱茏。
山花夏日竞相红。
沾衣竹叶露,
拂面杏林风。

岁月无情雕面,
得失不改初衷。
阴晴雨雪且从容。
江湖挥手去,
山水再相逢。

七律·初夏情

2021年5月28日

万木葱茏夏日新，
城东古渡灞河滨。
欣逢踏浪凌波影，
乐见飞花著墨痕。

且喜高山藏隐士，
何堪流水送离人。
竹亭把酒无佳句，
待到三更梦里寻。

临江仙·夏忆

2021年5月29日

曲水一江清澈，
南湖五彩阑珊。
青荷叹柳意无边。
清风招绿叶，
皓月照白帆。

醉卧三春梅岭，
流连九月江南。
桃花渡口送离船。
方今无尺素，
自此再无言。

七律·初夏月色

2021年5月30日

暗淡红霞暮色沉,
春芳尽去绿成荫。
难留浅笑风中去,
却向深更梦里寻。

小路萤光生酒意,
长空月色唤诗心。
竹园溢露潇潇影,
静伫红亭守到今。

小重山·夏

2021年5月31日

日暮寻凉信步行。

荷花争吐秀、

落蜻蜓。

微风送爽绿波兴。

清水畔、

翠柳密如蓬。

独自伫红亭。

纷纷飞萤火、

遍林中。

此情此景似曾经。

群蛰唱、

唱醉满天星。

采桑子·乐园

2021年6月1日

童年记忆终难忘,
稻麦飘香。
苇荡荷塘,
落尽槐花杏子黄。

晴空夏夜流星曳,
纵意飞翔。
银汉茫茫,
织女牛郎伫两旁。

七律·泉城夏

2021年6月2日

白云起处漫苍梧,
轻风细雨叶滴珠。
四面荷花三面柳,
一城山色半城湖。

犹须念圣追孔孟,
再若观泉看趵突。
泺水舫舟逢故友,
清茶尽在紫砂壶。

注:题济南逢青海吕姓故友。

西江月·田园

2021年6月3日

入夏风轻云淡,
出墙柳绿枝繁。
抛书弃卷赴田园,
麦浪金黄无岸。

日落霞飞峻岭,
夜来月照苍山。
银河浩瀚浪涛翻,
草径虫鸣唱晚。

七律·樊川夏夜

2021 年 6 月 4 日

日暮红霞遍地金，
樊川细柳入烟云。
竹枝凝露拳拳意，
月色含情夜夜心。

宦海清廉唯律己，
人生淡雅靠修身。
南山阅尽千秋事，
是是非非化作尘。

临江仙·夏

2021年6月5日

盛夏轻舟古渡,
清江落日霞红。
飒然苇荡任穿行。
青山伏碧岸,
细浪吐凉风。

暮色苍茫无限,
周身似坠梦中。
巡回俯仰遍繁星。
随心丢弃橹,
顺水下江东。

五律·芒种

2021年6月6日

三夏正农忙,
新荷叶满塘。
晨风舒柳色,
晚露诱萤光。

醒梦因鸟语,
出村为麦黄。
庭前一树杏,
聚簇散浓香。

七律 · 高考有感

2021年6月7日

年少求学十二年,
搏击题海为今天。
几何代数方程式,
三角圆锥勾股弦。

元素周期需硬记,
兴亡史册要熟翻。
全凭众子扛家国,
大任千钧重似山。

七律·南山访友

2021年6月8日

夏日南山访故知,
山深谷秀富奇石。
朱鹮漫步寻洼地,
紫燕低飞戏水池。

绿树浓荫晨色早,
红亭淡雾月光迟。
林中熠熠飞萤火,
日暮风情化作诗。

七律·南山夏夜

2021年6月9日

万里江山暮罩纱,
夕阳西下散红霞。
白云已去风烟渺,
皓月初升夜色华。

有意竹林成梦幻,
无心尘世醉繁花。
徐行野外通幽路,
功罢佛家访道家。

七律 · 世事感怀

2021 年 6 月 10 日

诗书万卷古通今,
草木荣枯夏又春。
是是非非成梦幻,
恩恩怨怨化烟云。

攸关灶上油盐醋,
记取人间善美真。
世事无常皆莫测,
一方净土驻于心。

七律·题西岳庙

2021年6月11日

红墙碧瓦驻关中,
御苑亭台汉武宫。
丽日白云临紫殿,
苍松翠柏望华峰。

莲花圣地承甘露,
皓月星光荡惠风。
悟道修缘参万物,
金城五凤入棂星。

注:本诗系参加文化和自然遗产日,于渭南华阴西岳庙所作。

七律·题辛丑端午

2021 年 6 月 12 日

文化自然遗产日,
骄阳似火映红天。
追思义举怀先烈,
瞻仰丰碑伫后山。

劫富济贫星火起,
替天行道铁肩担。
群英有意施云雨,
眷顾良行佑众贤。

注:2021 年 6 月 12 日上午,随方光华省长向渭华起义纪念碑献花、瞻仰纪念馆,并在户外参加"文化和自然遗产日"启动仪式,忽祥云蔽日、雨露沾身,暴热全消,草就此诗。

七律·夏夜情

2021 年 6 月 13 日

夏日徐行碧水边,
青堤弃岸上兰船。
临风浅醉风尤细,
望月深思月正弯。

啸傲融情舒锦绣,
诗词载意付婵娟。
清波碎浪连天际,
静抚瑶筝慰远山。

七律·樊川雨后

2021年6月15日

夏日炎炎暑气升，
关中满目郁葱葱。
云飘墨黛山如画，
雨过青枝柳似蓬。

沃土秧苗齐吐绿，
强株幼果竞丰盈。
挥锄垄上清杂草，
恬淡乡间一老翁。

七律·盛夏樊川

2021年6月16日

是是非非尽是空，
花开叶落竟交融。
廊檐自有芭蕉雨，
水畔常拥柳叶风。

最爱荷塘寻月色，
尤怜晚露浸榴红。
竹林草径荫深处，
月季凉亭共品茗。

小重山·河塘夏

2021年6月17日

日暮河塘独自留。
芙蓉争吐秀、
似明眸。
荷丛深处荡轻舟。
无声至、
短袖淡装柔。

皓月似银钩。
东风生梦幻、
玉笛悠。
纷纷萤火向船头。
逐芳去、
夜半竞风流。

七律·夏日荷花

2021年6月18日

幽香溢散自荷塘,
紫燕飘飞细语扬。
但喜青颜承玉露,
尤怜秀面配清裳。

休悲锦绣芳华短,
却道氤氲碧叶常。
日暮红霞披绿野,
沙堤柳下荡清凉。

注:于延安所作。

小重山·夏夜

2021 年 6 月 19 日

岸柳依依灞水清。

红舫离古渡、

踏波行。

萧萧苇荡郁葱葱。

白云淡、

落日晚霞红。

径自揽东风。

倚栏思绪远、

月当空。

嫣然静逸抚瑶筝。

如有意、

何不上船听？

七律·夏日山居

2021年6月20日

竹青树翠了无尘,
盛夏樊川草木深。
净土初心融碧水,
苍峰惠意寄白云。

人居秀谷神思远,
鹤守柴门气象新。
日暮山川披墨黛,
丹青绘注画中人。

七律 · 夏日长安

2021 年 6 月 21 日

东风暗渡柳林幽,
碧草青堤灞水流。
绿叶浓荫遮翠鸟,
白云淡影上红楼。

轻舟细浪随波去,
秀岭繁花入梦游。
夏日深情谁共享,
樊川有意著春秋。

江城子·湖荷

2021 年 6 月 22 日

夏日荷花点点红，
叶尤青，暗香浓。
碧水涟漪，
岸柳密如蓬。
落日余辉舒锦绣，
霞万里，淡云轻。

峻岭苍苍皓月升，
细波明，小舟行。
靛袖高歌，
踏浪若惊鸿。
萤火纷纷逐秀色，
蛙声断，玉笛横。

七律 · 樊川古刹

2021年6月23日

宝殿常披落日红,
经声佛号入云中。
三生为利奔波苦,
一世因缘悟道逢。

顺逆无关风与月,
得失尽是色和空。
繁花异彩皆虚幻,
恬淡虚无信马行。

七律·樊川暮雨

2021 年 6 月 24 日

细雨霏霏注满川,
云蒸雾绕隐南山。
方亭美酒酬竹色,
小径清风至耳边。

戴露榴花红胜火,
穿林溪水唱无眠。
关中古道人声断,
幼燕巢中夜语绵。

七律·盛夏雨日

2021 年 6 月 25 日

无风有雨气清和，
弱柳如丝水涨河。
红杏桃花皆落尽，
青草稻秧竞蓬勃。

芳华已伴阳春去，
翰墨常出铁砚磨。
戴笠植菊兰苑外，
竹丛碧绿自婀娜。

七律 · 夏日荷花

2021 年 6 月 26 日

清心丽质自瑶台,
烈日炎炎竞自开。
展色开颜青玉面,
结跏趺坐碧云怀。

参禅不为浊泥扰,
悟道休关净土埋。
五种天华承雨露,
丹霄降世净尘埃。

七律·夏日樊川

2021年6月27日

樊川古道皂河滨,
盛夏依依柳色新。
绿树遮墙半壁翠,
夕阳落地满山金。

芳林碧草萤光密,
皓月清辉曲径深。
日暮群蛰争唱晚,
声声段段寄离人。

七律 · 樊川古刹

2021年6月28日

桃溪镇上漓河滨，
戴笠植菊绕院门。
细雨无声滋绿叶，
清风有意净红尘。

舟横野渡凭流水，
地阻层峦念旧人。
待到黄花秋吐秀，
约来故友醉唐村。

临江仙·盛夏

2021 年 6 月 29 日

盛夏直袭苍岭，
热流漫卷秦川。
骄阳似火乱鸣蝉。
群花皆败落，
池水欲枯干。

数日长空无雨，
万千久旱桑田。
白云散去化轻烟。
农夫空等待，
仰首叹青天。

七律·题燕子

2021年6月30日

衣轻羽净体纤纤,
最爱霏霏细雨天。
夜赋呢喃思翠柳,
晨歌俏语入珠帘。

池塘戏水惊荷叶,
垄陌凌空探紫鹃。
几度朝夕酬故旧,
风霜念远下江南。

七绝·纪念章

2021 年 7 月 1 日

年方十六正芬芳，
尚俭勤劳守党章。
白发徽章红绶带，
如歌岁月化沧桑。

注：母亲 16 岁加入中国共产党，党龄超过 66 年。家乡党支部书记吴建芬寄来"光荣在党 50 年"纪念章，拍照留念并题诗。

七律·食物自语

2021 年 7 月 2 日

原为珍馐与膏粱,
献给苍生裹肚肠。
历雪经霜存府库,
随烹就煮在厨房。

熟身总被吞饥腹,
遗体终遭弃秽方。
撒向田间植物壮,
犹得五谷稻花香。

七律·逢阳春

2021年7月3日

惊鸿一瞥曲江前，
面似桃花气若兰。
浅笑深情随柳动，
轻妆淡袖任风攀。

飞英漫卷香盈袖，
落玉缤纷墨披肩。
紫燕轻歌春有意，
白云晚醉乐游塬。

七律 · 盛夏晚聚

2021 年 7 月 4 日

惊鸿一瞥夜阑珊,
曼妙余音绕月轩。
浅笑深情随柳动,
轻衣黛发任风攀。

飞纱漫卷香盈袖,
落瀑柔丝墨披肩。
美酒清茶应有意,
白云晚醉乐游塬。

七律 · 草堂夏

2021 年 7 月 5 日

日暮茅斋不掩门,
清风入院觅花魂。
盈窗夜幕天如水,
遍地相思月若银。

峻岭苍茫披黛墨,
幽情漫溢付白云。
无言畅忆阳春事,
竞唱蛰声夜色深。

七律·草堂夏思

2021年7月6日

邂逅红舫半掩门，
横笛一曲赋清音。
阳春往事梅花绽，
盛夏深情月色存。

紫燕翱翔期碧水，
青丝荏苒近黄昏。
如歌岁月匆匆去，
但把流星梦里寻。

五律·七七感怀

2021年7月7日

夕阳映地红,

日暮乱蛰鸣。

外寇硝烟散,

生灵美梦萦。

当惜华夏土,

莫忘宛平城。

把酒酬先烈,

神州已太平。

五律 · 草堂初夏

2021 年 7 月 8 日

浓荫遮草堂,
燕唱戏房梁。
雨过白云静,
风来竹叶凉。

冲茶酬霁色,
弃卷渡时光。
仰卧苍松下,
倚石入梦乡。

七律·草堂初夏

2021年7月9日

烈日炎炎映草堂，
星移斗转自成章。
春花不耐经风雨，
杏蕊何堪历雪霜。

锦绣芳华沧海系，
斑斓梦幻玉壶装。
秋来夏去隆冬至，
踏雪寻梅寄远方。

七律·夏思

2021 年 7 月 10 日

人生半世且从容，
成败得失转瞬空。
阅尽风霜知冷暖，
曾经世事见枯荣。

知足止戒人方逸，
少欲无求品自清。
逝去春花观绿叶，
夕阳落下赏繁星。

七律·草堂初伏

2021年7月11日

不扫厅堂不闭门,
樊川醉卧做闲人。
随由丽鸟身边落,
放任橘猫脚下嗔。

碧水行舟亲胜景,
青梅入酒笑红尘。
初伏执笔成七律,
再把香茗树下斟。

五律·草堂初伏

2021 年 7 月 12 日

帘外绿荫浓,

回廊淡淡风。

白云遮峻岭,

碧水映莲蓬。

摒弃春秋卷,

倾听燕雀声。

倚竹观落日,

尽享彩霞红。

行香子·河洲夏忆

2021 年 7 月 13 日

岸柳尤青,
鱼跃惊鸿。
天如碧、
细细和风。
闲鸥野鹭,
戏舞沙汀。
看淡云轻,
水波静,
远山明。

深深芦荡,
依稀似梦。
忆江南、
醉在金陵。
梅花秀岭,
六角飞亭。
有杏花白,
桃花艳,
海棠红。

采桑子 · 夏夜

2021 年 7 月 14 日

精杯桂酒食鲜杏，
面色微红。
两袖清风，
日暮青石任躺平。

山泉甘冽和梅煮，
五味盈盅。
漫漫人生，
云卷云舒万事空。

唐多令·春忆

2021 年 7 月 15 日

二月下江洲。
如约探莫愁。
草径幽、红杏枝头。
采下梅花融美酒,
填词赋、醉兰舟。

日暮仵桥头。
依稀梦里游。
月色柔、又上西楼。
夜半凉风撩翠柳,
青竹笑、海棠羞。

武陵春·春忆

2021年7月16日

峻岭红梅花色秀，
嫩蕊遍枝头。
鹂鸟林深唱不休，
小路愈清幽。

玉面青衣人依旧，
渡口伫兰舟。
把酒抒怀意未酬，
踏浪任漂流。

七律·盛夏春忆

2021 年 7 月 17 日

盛夏篱边望古都，
骄阳似火万花枯。
梅峰吐秀人何在，
杏谷舒姿蕊已无。

醉抚瑶琴星汉静，
飘飞淡雾月芽出。
樊川夜半清风细，
叹把丹心寄玉壶。

七律 · 盛夏情怀

2021 年 7 月 18 日

烈日无边势似虹，
夕阳漫漫彩霞生。
苍山万里兴迷雾，
皓月千年送惠风。

素有文人吟灞柳，
惜无利剑亮华峰。
悠悠岁月匆匆去，
古刹尤传暮鼓声。

七律·盛夏自嘲

2021 年 7 月 19 日

是是非非不必识,
花开叶落任由之。
开坛自有陈年酒,
执笔却无盛夏诗。

皓月传情舒玉袖,
清风送爽动竹枝。
江郎已老才思尽,
执笔三更创意迟。

五律·夏夜

2021年7月20日

荷塘沐晚风，
满目尽诗情。
静谧林间路，
清幽水畔亭。

莲花舒叶翠，
皓月映波清。
草盛飞萤火，
如临万点星。

五律·荷花

2021 年 7 月 21 日

不避水清混，
身心俱自珍。
芳容赢燕语，
素瓣坐观音。

静谧承禅意，
空灵透本真。
风姿千万种，
尽献有情人。

五律·大暑

2021年7月22日

盛夏火烧云,
清风陌野寻。
青禾呈健壮,
绿柳舞缤纷。

秦岭山披黛,
晴空月吐银。
瑶琴声送晚,
诉与纳凉人。

七律·题网友

2021年7月23日

网言网语网传音，
各有千秋各有群。
动指发声谈感悟，
依屏点赞阅图文。

难得海内存知己，
更是天涯若比邻。
古往今来在掌上，
人间已变地球村。

七律 · 荷湖月色

2021 年 7 月 24 日

阵雨携来夏夜凉，
无边翠叶遍池塘。
壅栏蔽水承甘露，
落影投波溢淡香。

未带风骚舒惠意，
尤得月色洒银光。
如约又至芙蓉苑，
弃岸临风入画舫。

七律·长安居

2021 年 7 月 25 日

今生半世住樊川，
秀岭苍塬俱浩然。
绿树青竹遮日月，
晨钟暮鼓了因缘。

轻风淡雾银河静，
少欲无求意念闲。
放下喧嚣庸碌事，
烹茶把酒望南山。

七绝 · 题野花

2021 年 7 月 26 日

生来从未惧骄阳,
貌小身微亦吐香。
被践遭锄仍绽绿,
经风历雨愈芬芳。

七律·故友聚

2021年7月27日

散去容易再难逢，
皓首苍颜聚古城。
岁月无涯人已老，
芳华有尽意尤浓。

执杯对雨谈今古，
把酒舒怀诉衷情。
校苑梅竹今未至，
不知是否忘梁兄。

七律 · 曲江荷塘

2021 年 7 月 28 日

红红绿绿共依偎，
淡淡浓浓水面堆。
叶叶花花同变老，
蝶蝶燕燕各飘飞。

风风雨雨初心在，
暮暮朝朝始意追。
字字句句酬既往，
山山水水注霞辉。

七律·樊川夏

2021 年 7 月 29 日

四季芳华沐草堂，
耕耘稼穑入文章。
徐行岁月情思远，
漫卷风云雨意狂。

惯看春秋花果盛，
常临沃野稻菽香。
如银皓月荷塘落，
阵阵蛙声唱到凉。

七律 · 题八一

2021年8月1日

铁打营盘流水兵,
蓬勃韶岁献军中。
钢枪冷刺长城熠,
暴雪寒风大漠鸣。

解甲还乡犹度日,
披星戴月为谋生。
豪情血性依然在,
有令仍能挽硬弓。

七律·盛夏夜

2021年8日2日

滴河日暮遍红霞，
木槿悠然绽紫花。
碧水轻舟离彼岸，
清风皓月到谁家？

桃林草径飞萤火，
篱畔菊苗吐嫩芽。
入夜竹园无暑气，
约来旧友品清茶。

临江仙·梅山

2021年8月3日

戴雪犹增明艳，
披霜愈透冰清。
纤姿瘦影玉枝横。
林深游客少，
路窄暗香浓。

最怕临花惊梦，
犹怜踏雪出声。
苍山尽染晚霞红。
诗情生日暮，
月色照初更。

七律·立秋

2021年8月7日

午后秋来净碧空,
樊川水畔淡云轻。
新枝壮叶晨蝉噪,
古刹夕阳暮鼓鸣。

镜内霜丝人渐老,
巢中幼雀羽齐丰。
如歌盛夏今将尽,
静对青荷沐晚风。

注:今日 14:53 立秋。

七律 · 初秋

2021年8月8日

甘泉悦耳似琴弦，
草院黄昏荡炊烟。
柳静蝉鸣居叶后，
猫闲犬卧在篱边。

流云淡雾飞苍岭，
落日浓霞染碧天。
两袖清风拥皓月，
填词畅意醉田园。

七律·初秋雨（一）

2021年8月9日

晨兴细雨遍南山，
荡涤红尘雾隐仙。
旧友欣逢幽谷内，
初秋已至草堂前。

新荷吐秀出青叶，
幼稻凝珠染绿田。
戴笠邻村沽桂酒，
香菇烩菜荡炊烟。

七律 · 初秋夜色

2021 年 8 月 10 日

初秋暑热尚张狂,
夜半微风已盛凉。
漫舞时节催草木,
徐行岁月著沧桑。

荷出碧水托花蕊,
露结青竹映月光。
不尽蝉声鸣清梦,
山披墨黛换深妆。

七律 · 南山秋雨

2021 年 8 月 12 日

南山秀谷枉凝眸,
送爽风来画扇丢。
雾锁青峰招雨落,
云遮峻岭唤神游。

方怜细草难经雪,
怎奈轻霜已著头。
盛夏辉煌行未远,
悠然漫步入清秋。

鹊桥仙·七夕

2021年8月13日

繁星灿烂，
银河如练，
不尽苍茫浩瀚。
烟云暗度万重山，
盈秋水、
凝眸顾盼。

倚阑念远。
云飘雾散，
海角天涯漫漫。
别时容易见时难，
流星雨、
光消梦断。

行香子 · 七夕

2021年8月14日

银汉横天,
星浪无边。
织云女、
怎奈急湍。
望穿秋水,
碧海深渊。
叹情如火,
思如练,
意如山。

林中萤火,
金光绚烂,
布深情、
遍洒人间。
葡萄架下,
燕鹊呢喃。
愿心相印,
人相伴,
手相牵。

七律 · 初秋雨（二）

2021 年 8 月 16 日

绿树浓荫蔽紫楼，

枝端明月似银钩。

蛰虫竞唱悲晚夏，

露水齐集送早秋。

梦断繁星居世外，

尘封往事在心头。

篱边夜半流星雨，

伴我今夕四海游。

临江仙·初秋

2021年8月17日

弯月青竹相映,

流星萤火同来。

何人与我畅心怀。

深情何必诉,

远意不需猜。

四季轮回交替,

三更独自登台。

葡萄桂树为谁栽?

阳春游峻岭,

翰墨著茅斋。

临江仙·初秋夜

2021年8月18日

淡却红尘名利,
无关绿野晨昏。
风霜雨雪到如今。
纷纷诸往事,
渐渐化烟云。

草院青竹凝露,
兰亭美酒盈樽。
初秋夜色胜阳春。
诗词书皓月,
萤火伴虫吟。

七律·五星汇

2021年8月19日

皓月银光映小楼，
青竹俏影色悠悠。
昆虫竞唱篱边露，
萤火齐集草上秋。

几度阳春期海角，
一杯美酒醉心头。
无言静赏五星汇，
夜半拥凉入梦游。

注：2021年8月19日晚，夜空出现金木水火土"五星连珠"奇观。

七律·樊川居

2021年8月20日

树下品茶对万山，
拥风赏叶意清闲。
樊川古刹经声颂，
秦岭初秋雾色绵。

梦幻难寻托往事，
穷达未解靠机缘。
秋来夏去遵天道，
望柳填词碧水边。

临江仙·填秋词

2021 年 8 月 21 日

夜半秋风无语,

天边月寂星沉。

南山似墨绕白云。

轻烟飘峻岭,

淡雾伴清心。

柳叶枝端凝露,

昆虫草下鸣音。

寻章索句未成吟。

填词刚半阕,

把酒过一斤。

七律·中元节

2021年8月22日

万木葱茏似画屏,
星移斗转赋秋声。
云浮孝道深思远,
雾锁天桥淡月朦。

灞水清波漂蜡盏,
樊川古刹诵佛经。
南山染黛风烟聚,
草径昆虫唱不停。

七律·初秋月夜

2021 年 8 月 23 日

叶老天凉又是秋,
苍山染黛暗幽幽。
窗盈翠色竹投壁,
院满银光月上楼。

四季繁花逐夏末,
一生琐事在心头。
悠悠岁月匆匆去,
往事如烟似水流。

七律 · 秦岭隐士

2021 年 8 月 24 日

峻岭层峦南北分,
林深草密隐高人。
曾经利禄功名幻,
却是阳光雨露真。

壑秀云深藏日月,
水静波平纳乾坤。
青石打坐寻天道,
洞彻空明忘自身。

七律·初秋畅意

2021年8月25日

一叶飘飞往事牵，
长空雁阵唱天边。
思连秀谷梅花岭，
梦断阳春柳絮缘。

浅笑深情释远意，
初秋淡雾伴轻烟。
今夕灞水青堤伫，
墨染层峦月未圆。

临江仙·故园

2021年8月26日

年少离家而去，
秋深策马巡疆。
胸怀壮志少行囊。
风霜驱寂寞，
雨雪踏苍茫。

皓月曾经磨难，
青山阅尽沧桑。
魂牵梦绕念家乡。
疏篱围杏苑，
密柳罩竹窗。

西江月·秋夜

2021年8月27日

细雨才消酷暑，
凉风又送清秋。
无嗔无喜了无忧，
有叶有花有酒。

静夜回廊独伫，
青堤水畔闲游。
层峦叠嶂路悠悠，
陌野苍茫依旧。

五律 · 樊川秋居

2021 年 8 月 28 日

昨夜听风雨，
晨兴草木萋。
云遮秦岭路，
柳荡皂河堤。

踏浪孤舟去，
依竹陋巷栖。
休关纷乱事，
来去任东西。

五律·蚊

2021 年 8 月 29 日

暗夜嗅觉灵,

纷飞绕耳鸣。

挥拳难击死,

嗜血却得生。

放走心留恨,

拍拿手惹腥。

如厮尖嘴利,

被咬痒疮红。

忆秦娥·秋居

2021年8月30日

乌云散,
夕阳渐落皂河畔。
皂河畔,
荷花凋敝,
玉横形乱。

沙堤脚下青竹苑,
疏篱小院琴声慢。
琴声慢,
炊烟袅袅,
入堂归燕。

七律 · 荷塘秋

2021 年 8 月 31 日

数日霏霏细雨扬，
残芳谢落遍池塘。
曾经盛夏舒花秀，
再入清秋育子香。

瘦体犹然孕玉藕，
衰颜尚且护莲房。
红尘净土融禅意，
云淡风清碧水长。

七律·初秋菊

2021年9月1日

浩荡秋风伴月芽,
竹篱内外绽菊花。
清新瘦影由人顾,
淡雅幽香不自夸。

暗动相思游梦境,
飘飞守望向天涯。
凭阑静伫难成寐,
夜色如岚雾似纱。

七律·叹秋荷

2021年9月2日

几度春秋雨雪多,
纷繁世事化蹉跎。
无缘圣境摘丹桂,
有道莲池赏绿荷。

欲壑难填生祸乱,
清泉不注惠江河。
金风过处群芳败,
玉殒香消付挽歌。

五律·题抗战

2021 年 9 月 3 日

神州月色残,
大地遍狼烟。
并力驱敌寇,
齐心卫故园。

奇袭黄土岭,
鏖战太行山。
不忘三千万,
同胞血未干。

五绝·紫薇

2021年9月3日

枝头生紫气,
树下有清风。
叶扮一川绿,
花开万朵红。

七律·叹秋色

2021年9月4日

夏去秋来四季轮，
樊川草木亦清新。
行云聚首云生雨，
落叶归根叶化尘。

享尽荣华终作苦，
历经勤勉是修身。
宽人律己遵天道，
不负初心不负人。

五律·白露

2021年9月5日

硕果扮秋妆,
沾衣露水凉。
残花将尽谢,
老叶已初黄。

雨霁山川翠,
风吹稻谷香。
田畴生淡雾,
梦幻赋华章。

临江仙·秋

2021 年 9 月 6 日

曲径斑竹凝露,
疏篱丹桂飘香。
薄云淡雾岭苍苍。
轻舟行碧水,
落日铸辉煌。

劳碌尤怜秋色,
闲暇莫负时光。
人生不意鬓飞霜。
清风舒柳翠,
绿叶伴菊黄。

行香子·秋思

2021年9月7日

少壮无忧,
未感多愁。
任心性、
四海遨游。
江南漠北,
踏岳登舟。
过白云寺,
凌云渡,
望云楼。

繁花过后,
清风杨柳,
夜阑珊、
月色幽幽。
如歌岁月,
去日难留。
叹衡山春,
嵩山夏,
华山秋。

水调歌头·毛泽东

2021 年 9 月 8 日

暗夜寻明路,
妙手著华章。
燎原星火,
唤醒民众握刀枪。
起义武装割据,
分地分田济困,
百姓蹙眉扬。
二万五千里,
热血铸辉煌。

驱日寇,
争华北,
守太行。
民族解放,
出国作战助邻邦。
心底无私执政,
两弹一星在手,
不畏外敌强。
打铁自身硬,
思想放光芒。

七律·毛泽东(一)

2021年9月9日

开天辟地建奇功,
九九清秋忆润公。
笔著华章昭日月,
胸藏锦绣纳苍穹。

心无私欲分毫利,
掌有乾坤百万兵。
但为人间均富贵,
丹心化作太阳升。

定风波·师生

2021 年 9 月 10 日

常忆当年在课堂,
油灯炭火纸糊窗。
算术学完学造句,
德育,
读书写字意飞扬。

授业启蒙情未忘。
师长,
依然执教在家乡。
别去扬帆千万里,
回聚,
苍苍两鬓尽成霜。

五律·樊川秋

2021年9月11日

丹桂暗香幽，
红花尚未休。
窗前一夜雨，
门外万山秋。

冷露凝竹叶，
清风到酒楼。
填词述既往，
把酒醉心头。

如梦令·秋

2021 年 9 月 12 日

晨起乡间小路,
旭日薄云淡雾。
碧草叶凝珠,
丹桂清香暗度。
白露,白露,
如画如诗如赋。

七律·樊川深秋

2021年9月13日

日落西山渐感凉,
南归雁阵赴苍茫。
山青水冷云飘散,
柳暗荷残叶变黄。

暮色朦胧山影淡,
霞光烂漫桂花香。
如歌岁月匆匆去,
再赋诗词寄远方。

七律·岁月歌

2021年9月14日

洗尽繁华岁月磨,
如烟往事付蹉跎。
何须刻意逐名利,
照旧专心赏玉荷。

自古别离成憾事,
从来爱恨化悲歌。
休言怨憎不相会,
只怕将来感慨多。

七律·题西瓜

2021年9月15日

无肺无肝无肚肠，
丹心一片注青房。
春风不在枝间秀，
夏日何曾叶下殇。

但隐绿藤甘伏地，
岂学红杏欲出墙。
生来只为人消渴，
利刃分身化玉浆。

五律·题绿叶

2021年9月16日

舒姿二月风,

嫩体郁葱葱。

翠玉妆田野,

丹青绘草丛。

甘为群树绿,

愿衬众花红。

老去无人问,

归根化土中。

七律·题鲜花

2021 年 9 月 17 日

姹紫嫣红爱煞人，
争奇斗艳色缤纷。
朱颜有韵蜂蝶绕，
粉面无声墨客吟。

意在红尘空恋树，
身倚绿叶自归根。
金风玉露惊春梦，
落土消香愈断魂。

七律 · 清秋暮色

2021 年 9 月 18 日

日暮霞生大地红，
南翔雁阵去匆匆。
倚阑静赏抒情月，
把盏遥听唱晚虫。

叶落凋飞曲径草，
霜凝欲染绿篱枫。
心追往事无边际，
再整行装付远行。

七律·樊川赋

2021 年 9 月 19 日

夏有浓荫春有桃，
烹茶炙酒揽青袍。
清心翰墨描秋色，
冷雾寒霜戏柳梢。

燕过樊川思往事，
云飞秦岭念知交。
深秋日暮红霞落，
尽享高台月色姣。

小重山·樊川夜

2021 年 9 月 20 日

日暮红霞染秋塬。

清风携冷意、

荡樊川。

高台静伫已觉寒。

明月启、

把盏弄丝弦。

夜半未成眠。

心逐离雁去、

梦之蓝。

那山那水那一年。

芳草路、

相对却无言。

水调歌头·中秋

2021年9月21日

曲径惠风细,
今日又中秋。
灞河桥畔,
碧水一去不回头。
两岸如丝绿柳,
芳草萋萋依旧,
白鹭戏沙洲。
碎浪清波处,
紫燕伴轻舟。

黄昏后,
红霞透,
月色柔。
翠竹凝露,
月季独秀桂香幽。
玉镜高亭美酒,
素女长歌舒袖,
琴漫意悠悠。
把盏怜菊瘦,
夜半醉西楼。

七律 · 中秋荷塘

2021年9月22日

一夜秋雨一夜风,
荷塘静伫叹残蓬。
孤心有意招游客,
瘦影无声望过鸿。

色暗斜悬枯水里,
形衰兀立淡烟中。
芳华尽去人烟散,
暮霭苍茫皓月明。

七律·长安秋

2021 年 9 月 23 日

古道城墙信步游,
秦宫汉阙入深秋。
乌云有意云飞岭,
冷雨无情雨落楼。

裂土分疆争不尽,
攻城掠地战难休。
千秋霸业随风散,
只剩滔滔渭水流。

七律 · 草堂秋

2021 年 9 月 24 日

柳暗荷残晚露凉，
菊花吐秀桂花香。
方园绿草萦高树，
曲径青竹越矮墙。

雨打芭蕉天乍冷，
秋临茂苑叶微黄。
得失成败随风去，
碧水滔滔向远方。

七律·叹金钱

2021 年 9 月 25 日

人人挚爱孔方兄，
祸乱纷争始未停。
手底宽松脱窘迫，
囊中羞涩困英雄。

平民为此受奴役，
恶霸因之去逞凶。
在世难留一百载，
金砖银锭俱成空。

七律 · 樊川秋色

2021年9月26日

轻烟淡雾绕塬头，
细雨绵绵昨夜休。
悦目菊花曾相识，
凌云雁阵却难留。

竹枝碧绿环山翠，
稻穗金黄遍地秋。
古刹钟声天外散，
清风丽日了无忧。

七律·樊川秋意

2021 年 9 月 27 日

日暮霞披灞水边,
竹林断续有鸣蝉。
临山再赋钗头凤,
对柳常填菩萨蛮。

玉酒飘香送岁月,
金菊吐秀望婵娟。
横笛寄语南飞燕,
切记衔春再复还。

五律·红枫

2021年9月28日

枫林万树红，

赤烈染山峰。

耀目妆秋色，

融霞展醉容。

舒枝承玉露，

仰面笑晚风。

小路筑诗意，

飘飞遍地情。

清平乐·秋叶

2021 年 9 月 29 日

晨兴淡雾,

静静樊川路。

碧草秋深凝玉露,

烈烈红枫簇簇。

遍地离树芳魂,

纷纷散落风尘。

不日形消化土,

捐躯再唤阳春。

一剪梅·秋思

2021 年 9 月 30 日

银杏金黄柳叶青。

丽日丹枫,

云淡天清。

轻歌雁阵向南行,

碧水盈盈,

峻岭重重。

总忆江边望月亭。

对饮梅峰,

草绿花红。

无涯梦幻总是空,

历历曾经,

化作秋风。

七律 · 樊川秋忆

2021 年 10 月 1 日

水畔遐思忆旧识，

金风玉露叶飞时。

梅林细雨亭中遇，

月影轻霜梦里知。

意伴心随鸿雁远，

霞飞韵染玉笛痴。

秋深日暮黄菊瘦，

把酒阳春再赋诗。

临江仙·秋

2021 年 10 月 2 日

夜半风疏枯叶,
清晨雨落西楼。
红黄紫绿遍沙丘。
曾经怀旧梦,
却已入深秋。

夏去秋来依旧,
云生雾聚无忧。
人生不必自寻愁。
心中多少事,
付水向东流。

五律·寒露

2021年10月3日

数日笼烟云,

回廊草木深。

东篱菊未败,

北廓雁难寻。

桂苑研徽墨,

兰亭抚玉琴。

芭蕉听细雨,

檐下却无人。

七律·樊川菊

2021年10月4日

叶绿花黄竞自开，
柴门陋舍亦悠哉。
无心傲世深秋绽，
有梦躬耕满地栽。

但把芬芳心内驻，
尤知韵味冷中来。
西风细雨花含露，
月色星辰俱入怀。

西江月 · 樊川秋意

2021 年 10 月 5 日

畅意层峦峻岭，
流连叠嶂青峰。
林间小路郁葱葱，
雁阵搏云弄影。

雨落城郊银杏，
珠凝野陌红枫。
相约赏叶觅曾经，
故地风轻雾重。

浪淘沙·樊川秋意

2021 年 10 月 6 日

灞水吐烟云,
细浪涟纹。
青堤碧草绿茵茵。
翠柳如丝垂静谧,
色韵犹存。

日暮雨纷纷,
玉伞蓝裙。
飘飘燕去不留痕。
遍地金黄银杏叶,
树下离人。

临江仙 · 樊川秋忆

2021 年 10 月 7 日

冷雾连绵飘动,

寒蛩断续哀鸣。

金风数日未曾停。

凉衾惊晚梦,

夜雨汇秋声。

庭中苍竹丹桂,

池塘乱叶莲蓬。

高亭静静抚瑶筝。

心飞梅岭路,

意驻杏花丛。

西江月 · 樊川夜

2021 年 10 月 8 日

冷雨霏霏夜静,
寒风瑟瑟楼空。
芭蕉阵阵水声声,
小院回廊诗梦。

玉盏春茶变淡,
兰堂秋意尤浓。
欲书翰墨诉初衷,
可叹才枯词净。

七律·题秋意

2021年10月9日

忆罢从前百感生，
当初夙愿俱无成。
深秋燕去留残叶，
淡雾霜飞叹落英。

雨浸风雕花易谢，
山苍水冷意难平。
悲欢喜怒休无度，
聚散离合却有情。

天净沙·晚秋

2021 年 10 月 10 日

晨兴碧草凝霜,

灞河丝柳朝阳。

古渡青堤岸旁。

笛声荡漾,

细风轻浪红舫。

临江仙·秋村

2021 年 10 月 11 日

日暮红霞灿烂,
秋深绿草氤氲。
薄云淡雾近黄昏。
夕阳沉峻岭,
雁阵过山村。

犬吠炊烟缭绕,
鸡鸣灯火缤纷。
篱边路口往来人。
新粮装满囤,
老酒慰身心。

蝶恋花·秋意

2021 年 10 月 12 日

燕过南山无觅处。
淡雾朦朦,
掩却天涯路。
古道桥旁亭下伫,
滔滔灞水风云渡。

桂树苍苍花带露。
阵阵清香,
翰墨书尺素。
雨打芭蕉声似诉,
杯中玉酒空中雾。

五律·眼睛

2021 年 10 月 13 日

妩媚摄人魂，
伤心涌泪痕。
明察真与假，
暗表意和心。

守正释良善，
横斜拒鬼神。
灵光诚可贵，
莫使障红尘。

七律·重阳节

2021年10月14日

精笔玉砚墨生香,
皎月如钩桂影长。
静夜轻云凝峻岭,
柔情远意满回廊。

得失未把初心变,
进退难将热血凉。
但使余生酬父老,
堂前尽孝度重阳。

五律 · 樊川秋

2021 年 10 月 15 日

方田稻似金，
淡雾映黄昏。
暮色生秋韵，
炊烟荡晚村。

夜雨添冷意，
古刹颂梵音。
野菜高粱酒，
清纯慰我心。

七律·长安秋

2021 年 10 月 16 日

金风浩荡燕南翔,
芦苇白头季换装。
渭水轻波离古渡,
沙滩弱柳卸华妆。

风云有度苍山远,
稻穗无边秋韵长。
正是篱边颜色好,
菊花烂漫溢清香。

七律·长安秋画

2021 年 10 月 17 日

雁阵高歌九月天,
云飞雨霁向南迁。
但闻暮鼓苍山侧,
且沐秋风峻岭前。

渭水波涛行岳麓,
黄菊秀色簇城垣。
长安自古多灵气,
遍地贤达遍地仙。

七律·樊川秋色

2021年10月18日

银杏微黄枫叶红,
枝头众雀唱清风。
流云漫卷出新日,
稻穗飘香醉老翁。

曲径黄菊香未尽,
环村绿柳色犹青。
苍山碧水秋光溢,
五彩斑驳似画中。

五律·樊川秋野

2021 年 10 月 19 日

枫林小路幽，

红叶遍枝头。

远树鸦群噪，

长空雁阵悠。

金风伏碧草，

潏水荡轻舟。

此去菊花苑，

竹园似隐楼。

五律·樊川秋声

2021 年 10 月 20 日

丽日映樊川,
秋香溢稻田。
临枫听过雁,
隔水望归船。

月朗苍山静,
风清冷露悬。
钟声鸣古寺,
荡荡了尘缘。

五律·草堂秋

2021 年 10 月 21 日

冷露降柴门,
篱前草木深。
雾散难寻迹,
雁去不留痕。

有路通秦岭,
无心抚玉琴。
今宵温桂酒,
静赏月一轮。

临江仙 · 红尘

2021 年 10 月 22 日

聚聚离离春梦，

生生世世秋尘。

来来去去有前因。

实实皆幻幻，

假假亦真真。

爱爱恨恨生怨，

悲悲喜喜含嗔。

合合散散不由人。

恩恩情切切，

念念意纷纷。

五律·霜降

2021年10月23日

草木胜春华，
云浓雾似纱。
秋深飞燕影，
霜降落菊花。

懈怠常释卷，
轻松细品茶。
心清无寂寞，
畅意远无涯。

七律·芳草赋

2021 年 10 月 24 日

染遍荒山染野畴,
蜂蝶不屑亦风流。
石压土盖难约束,
雨沐霜飞竞自由。

体小陪红忠有义,
身微献绿自无求。
平生愿衬群芳秀,
不负时光不负秋。

七绝·戏字谣

2021 年 10 月 25 日

戏海戏江戏洞庭,

戏山戏水戏群峰,

戏花戏草戏月季,

戏雨戏霜戏春风。

七律 · 深秋送别

2021 年 10 月 26 日

落日余晖灞水旁，
苍山雾笼燕南翔。
拂堤绿柳枝凝露，
耀眼红枫叶带香。

远客临亭深醉酒，
孤鸿越岭饱经霜。
今夕此去搏风雨，
明月同行在异乡。

五律·长安秋

2021 年 10 月 27 日

天工雕万物，
彩叶竞风流。
灞柳垂青岸，
渔歌唱晚舟。

风云汇雨雪，
草木报春秋。
逝水苍茫处，
依依送远鸥。

采桑子 · 樊川古寺

2021年10月28日

金风玉露菩提树,
佛号梵音。
云水禅心,
暮鼓晨钟启慧根。

花开叶落遵天道,
果果因因。
假假真真,
莫使初衷去染尘。

长安秋色谣

2021 年 10 月 29 日

秋雨秋风秋水长,
秋花秋叶化秋妆。
秋霞秋月映秋夜,
秋意秋声入秋房。

秋云秋雾成秋梦,
秋思秋念忆秋香。
秋山秋岭秋林路,
秋韵秋诗赋秋江。

五律·芦苇

2021 年 10 月 30 日

阳春绿满川,

静谧伫湖边。

碧水摇潇洒,

青节溢自然。

花姿招丽日,

叶影伴婵娟。

皓首寻白鹭,

伊人梦里牵。

清平乐·秋意

2021年10月31日

红枫绿柳,

银杏金黄透。

雨霁风清出云岫,

雾锁离亭渡口。

感叹雁去难留,

归途落叶悠悠。

碧水如歌渐远,

空中月似银钩。

七律·题翠竹

2021年11月1日

数载藏身沃土中,
修身蓄势刺苍穹。
虚怀若谷何愁雨,
硬骨如钢不惧风。

戴露凌寒妆野陌,
欺霜傲雪伴苍松。
青节化作弦笛曲,
曼妙梵音慰众生。

临江仙·恩怨云雾

2021 年 11 月 2 日

雾雾云云非雾,
云云雾雾成云。
云浓雾重雾生云。
云浓招重雾,
重雾化浓云。

怨怨恩恩多怨,
恩恩怨怨无恩。
恩深怨淡怨依恩。
恩深催淡怨,
淡怨忘深恩。

七律 · 樊川惜秋

2021年11月3日

荷枯柄断玉沉塘,
万木层峦色暗黄。
不忍韶华成梦幻,
何堪萧瑟入兰房。

临风总欲寻孤雁,
把酒安能护众芳。
遍地凋零七彩叶,
无边眷恋沐夕阳。

水调歌头·深秋

2021 年 11 月 4 日

日暮金风冷,
寥落满川秋。
岸边青柳,
丝丝撩动,
了未觉忧。
灿烂红霞耀目,
峻岭层峦锦绣,
雁阵唱悠悠。
灞水渔舟动,
一曲信天游。

云追月,
月入水,
水中留。
高台揽胜,
温酒把盏顾茶瓯。
浩瀚苍穹漫漫,
星宿凌空依旧,
静静阅神州。
今古纷繁事,
一去不回头。

定风波·深秋

2021年11月6日

云淡风轻雁字长,
纷纷落叶亦散香。
五彩飘飞芳草径,
银杏,
无声坠地似金黄。

日暮红霞披苇荡,
微浪,
清波冷月映船舱。
把酒抒怀诗意重,
乘兴,
填词尽录水一方。

五律·送秋

2021年11月7日

朝阳日日新，
落叶化红尘。
梦幻浮云觅，
风光峻岭寻。

有雨花溅泪，
无邪月明心。
淡对深秋去，
来年沐早春。

七律·樊川冬

2021年11月8日

冬来叶落渐觉寒,
灞水芦花荡浅滩。
日暮流云飞峻岭,
晚霞溢彩绕苍山。

樽干抚案心难静,
梦断临风眼欲穿。
遥问梅枝可有意,
轻舟已备下江南。

行香子·樊川初冬

2021年11月9日

峻岭轻云,
雁过无痕。
西风劲、
荡尽秋温。
枫林碧草,
落叶纷纷。
绘半川红,
半川绿,
半川金。

长空星海,
波涛滚滚,
望天边、
弯月清新。
烟岚暮霭,
似幻如真。
叹雾中花,
杯中酒,
梦中人。

五律·初冬

2021 年 11 月 10 日

雾重岭苍苍，
初冬落草堂。
红枫如火烈，
银杏似金黄。

雨露飘竹苑，
风云过山梁。
宁心研翰墨，
陋室有兰香。

七律·荷塘初冬

2021 年 11 月 11 日

往日芳华不可追，
清霜荏苒面全非，
朝晖暗柳寒风劲，
暮色残蓬冷气飞。

色老何堪亲碧水，
颜衰怎再伴红梅。
严冬谢幕藏泥土，
待到春萌夏复回。

五律 · 初冬草堂

2021 年 11 月 12 日

今日落琼花,

纷纷至我家。

寒风欺弱柳,

冷露吻菊花。

翰墨生香气,

芝兰吐嫩芽。

梅枝皆默默,

聚力为萌发。

七律·初冬情

2021 年 11 月 13 日

风凉露冷岭苍苍,
草绿枫红银杏黄。
丽日竹篱菊含笑,
白云墨苑瓦凝霜。

无边锦瑟成词赋,
不尽相思诉衷肠。
可叹寻得叶片小,
难书寄语字千行。

行香子 · 初冬情

2021年11月14日

秀岭春晖,
满目红梅。
溢幽香、
不尽芳菲。
天蓝云淡,
玉蕊依偎。
有黄蝶绕,
红蝶落,
紫蝶飞。

西风碧水,
寒霜落瓦,
叶飘零、
冷雪霏霏。
菊花枯萎,
物是人非。
盼舟回渡,
草回绿,
燕回归。

五律·灞河初冬

2021年11月15日

灞水静无声,
朝霞旭日红。
芦花飘雪色,
岸柳舞冬风。

古渡人无迹,
河滩鹭不惊。
离亭思往事,
万里寄丹枫。

五律 · 樊川初冬

2021 年 11 月 17 日

晨兴冷露浓,
古渡小舟横。
日启朝霞灿,
人来早鹭惊。

山苍青黛染,
水阔淡雾生。
踏浪逐风去,
扬帆四海行。

五律·樊川清晨

2021年11月18日

清晨行垄上,
幼麦遍东郊。
落叶随风聚,
枯花付水漂。

柔身穿白雾,
踏步过石桥。
趋近梅枝探,
花期几里遥?

七律 · 初冬录

2021 年 11 月 19 日

落叶纷飞曼舞时,
无情岁月有相知。
寒冬残蕊香犹溢,
陌路孤鸿意尚痴。

未忘阳春惜旧梦,
常依正体赋新诗。
深情恰似相思柳,
静待东风绽玉枝。

如梦令·冬聚

2021年11月20日

假日一腔思绪,
旧事同谁言语?
信步入城中,
故友酒楼相聚。
冬雨,冬雨,
相伴谈天说地。

七律·叹初冬

2021年11月21日

寒霜凛冽朔风惊,
秃枝冷干啸长空。
可叹芳华随夏去,
徒悲老迈伴冬行。

飞花浪漫不知意,
落日辉煌妄用情。
若是重回春季去,
能将此世变三生。

一剪梅·小雪

2021 年 11 月 22 日

昨夜寒风昨夜云。

暗淡黄昏,

雨雪纷纷。

红枫绿柳泪涢涢,

遍地相思,

满目芳魂。

落叶横陈乱院门。

雁去无痕,

未了初心。

黄菊嫩蕊瘦花身,

傲簇东篱,

胜似真金。

七律·初冬夜

2021 年 11 月 23 日

叶落门前染重霜,
云横水畔夜风凉。
寒星闪烁含长意,
桂影层叠映矮墙。

把酒苍穹银汉灿,
居亭旷野莽山苍。
临风借问花何在,
浅醉方知在梦乡。

五律·自题

2021 年 11 月 24 日

野外朔风狂,

泥炉旺草堂。

兰花凝玉色,

菊蕊吐金黄。

有愧才学浅,

空劳翰墨香。

晨钟声悦耳,

出外向禅房。

江城子·冬意

2021 年 11 月 25 日

深秋已去冷风旋,
任华年,付云烟。
遍地残香,
落叶荡无边。
昨日芳菲今不在,
情难禁,泪涟涟。

当初对秀不忍攀,
醉花颜,意缠绵。
有限春光,
转瞬到冬天。
月落何方休惋叹,
虽相遇,却无缘。

七律·题晚菊

2021 年 11 月 26 日

数日寒风露渐凉,
菊花兀自绽篱旁。
晨霜驻面肥裙绿,
暮色披身瘦蕊黄。

菩提顿悟脱俗念,
明镜常悬照净坛。
初冬化作诗词赋,
默诉相思默吐芳。

七律 · 终南山冬僧

2021年11月27日

茫茫瑞雪遍南山,
岭上高僧似在天。
地藏孝愿修德业,
观音玉絮洒层峦。

菩提顿悟脱凡俗,
明镜常悬照净台。
摒弃人间怨憎会,
青石打坐静参禅。

临江仙·村翁

2021 年 11 月 28 日

昨夜窗前听雨,
今晨村外察墒。
无边陌野沐朝阳。
田间观幼麦,
碧垄至山岗。

又是萧疏冬季,
关中谢尽芬芳。
西风渐冷露凝霜。
苍竹犹翠绿,
旧梦付菊黄。

阮郎归·灞河冬

2021年11月29日

春秋几度抚河栏,
飘黄落叶翻。
南山静静阅人间,
冬深灞水寒。

情漫漫,意绵绵,
芦花荡浅滩。
红霞日暮望归帆,
孑然古渡边。

临江仙·南山初冬

2021 年 11 月 30 日

夜色阑珊云静,

星光闪烁灯明。

庭中碧草冷霜浓。

寒风飞落叶,

独叹晚菊红。

往事依稀成梦,

初心浪定波平。

无非春夏与秋冬。

纷纭多少事,

一并付江东。

七律·灞河冬

2021年12月1日

晴空万里夜阑珊，
冷露凝霜染鬓边。
旧友当初逐水去，
新词今日踏歌填。

相逢雁苑全无意，
错过兰亭尚有缘。
不尽梅林深似海，
阳春再赋灞桥前。

七律·灞水冬夜

2021年12月2日

日暮红霞耀满天，
芦花曼舞意绵绵。
飞花落叶关中道，
踏浪凌波灞水船。

古渡疏栏白发客，
苍山淡雾紫云烟。
横笛把酒邀明月，
赋至三更夜未眠。

七律·冬夜读

2021年12月3日

静夜烹茶览众书,
如与往圣共围炉。
清风化雨白云淡,
瑞雪凝梅俏影疏。

但悟易经推后世,
犹参史记话当初。
忠奸善恶随风去,
功过千秋卷内述。

采桑子·樊川冬夜

2021 年 12 月 4 日

晴空日暮霞光灿，
遍染南山。
月色阑珊，
潏水粼粼细浪欢。

泥炉炙酒添新炭，
旺火无烟。
静谧芝兰，
抱卷三更未感寒。

七律 · 初冬独思

2021年12月5日

风萧月冷夜沉沉,
点亮烛光抱酒樽。
浅醉方觉身愈暖,
初冬尚感梦犹存。

了无诱惑能迷智,
却有诗书可塑魂。
但在心中留净土,
纤花片叶不沾身。

南乡子·人生

2021年12月6日

岁月去难留，
丽日清风碧水流。
天道有情观世事，
春秋，
冬夏循环始未休。

因果记心头，
善有福依债有头。
不种恶因修善果，
无忧，
正意诚心是自由。

七律 · 题大雪节

2021年12月7日

今逢大雪不出门,
陋室芝兰又吐新。
炙酒驱寒能暖手,
凝神览卷亦修身。

诗词畅忆梅林事,
翰墨精描杏花村。
玉笔丹青书尺素,
托鸿遥寄画中人。

朝中措·樊川冬深

2021年12月8日

关中大雪起寒风,
灞水欲凝冰。
曼舞芦花逸动,
天涯望断归鸿。

霜飞气冷,苍山峻岭,
寥廓长空。
日暮红霞遍地,
夕阳唤醒金星。

七律·樊川冬深

2021 年 12 月 10 日

山川锦瑟素无华,
夜色如诗雾似纱。
银汉星河云水渡,
冰轮玉魄雪凌涯。

风临峻岭寻离燕,
酒溢精杯叹落花。
浅醉方知春俏动,
梅蕾孕秀遍枝桠。

行香子·樊川深冬

2021年12月11日

渐入深冬，
水碧天清。
白云淡、
落叶无声。
枫枝宿草，
露结霜凝。
看西山苍，
南山绿，
北山红。

樊川小路，
林深树静，
沐阳光、
众鸟争鸣。
华严古刹，
暮鼓晨钟。
叹此生缘，
此生念，
此生情。

临江仙·春雨

2021 年 12 月 12 日

望断灞水河畔,
遥观淡雾云烟。
清波细浪至天边。
横笛歌既往,
赋曲忆从前。

野渡桃花红伞,
青堤碧草沙滩。
如丝绿柳雨绵绵。
三生三世意,
半日半天缘。

七律·樊川雨后

2021年12月13日

萧萧细雨洗竹林,
瑟瑟清晨醒小村。
地垄寒冰凝幼麦,
山川冷雾抱新云。

无为岂是修天道,
少欲方能固本真。
每日耕读不懈怠,
粗茶淡饭慰身心。

五律 · 雨后樊川

2021 年 12 月 14 日

南山雾似绸,

雨霁愈清幽。

窄路无人至,

清泉竟自流。

横笛酬水浦,

抱月醉沙洲。

静谧深冬夜,

梅花入梦游。

七律·深冬日暮

2021 年 12 月 15 日

望断云影雁影空,
长河碧水付深冬。
怡情尽寄诗千首,
醉意方需酒百盅。

自叹梅峰飘玉袖,
谁怜墨岭落孤鸿。
尘缘未了因何事,
但对夕阳望暮红。

七律 · 深冬感怀

2021 年 12 月 16 日

是是非非幻亦真，
悠悠万事似浮云。
冬来总念梅兰意，
老去方知父母心。

缱绻芳华托燕子，
绵延墨韵赋冰轮。
一方净土存胸内，
漫漫红尘不染身。

七律·深冬感

2021 年 12 月 17 日

弱水三千无限深，
一瓢足以慰丹心。
时光总是流如水，
世事终归化作尘。

壮志未酬人已老，
深情不尽意犹新。
寒冬灞柳丝丝静，
但伫梅林寄此身。

七律·深冬雾霾

2021年12月18日

阴霾漠漠暗晨昏,
漫漫天空漫漫云。
冷雾蒙山无影迹,
寒枝落雀有鸣音。

常思月夜回廊酒,
总忆阳春画舫人。
岁月匆匆多少事,
风霜荏苒总相侵。

浣溪沙·深冬月夜

2021 年 12 月 19 日

炙酒泥炉炭火红,
梅亭把盏笑寒冬,
西楼瘦影上窗棂。

雾散风清星暗淡,
云消气朗月光明。
谁人夜半抚瑶筝?

七律·寒梅情

2021年12月21日

眷顾人间未了情,
红梅岂怕历峥嵘。
华庭畅意涂清丽,
野陌随心绽俏容。

嫩萼无言融玉酒,
新香不语染金陵。
朝夕雨雪迎风笑,
夜半填词赋古城。

七律·深冬自嘲

2021 年 12 月 22 日

尚欠冬天一首诗，
蓝天丽日似相知。
缺钱少酒激情淡，
有墨无才创意迟。

瑞雪难来生雅韵，
梅花又未绽枯枝。
而今弃笔竹园卧，
只待明春草绿时。

七律 · 题冬至

2021 年 12 月 23 日

冬威久至潏河滨,
芦苇白头似雪新。
但见苍山添墨黛,
犹临峻岭涨青云。

风花雪月凝成梦,
进退得失化作尘。
古刹晨钟含远意,
樊川日暖照乡村。

七律·深冬感怀

2021年12月24日

世事如云幻亦真，
得失成败付红尘。
寒风弱柳凝晚露，
冷雪疏梅唤早春。

不叹残花天上月，
应怜陋室镜中人。
深冬日暮炉边坐，
炙酒飘香慰我心。

七律 · 深冬樊川避疫

2021 年 12 月 25 日

芦花曼舞似浮游,
潏水清波浪未休。
望断苍山鸿雁去,
思联柳苑翠竹留。

疏篱浸雾浓霜覆,
窄径含情远意悠。
冽冽寒冬梅有信,
无声孕秀遍枝头。

七律·毛泽东（二）

2021 年 12 月 26 日

万里霜天觅自由，
长衫布履踏寒秋。
寻贫问苦均富贵，
举义挥戈荡国忧。

奋力托出新世界，
倾情改造旧环球。
宏篇巨著经天地，
翰墨诗词耀五洲。

临江仙·冬意

2021年12月27日

雁去白云缥缈,
冬来落叶缤纷。
从来梦幻未成真。
休贪功与利,
但做有情人。

开卷研读经典,
烹茶阅览古今。
修因修果亦修心。
一身清净气,
两袖不沾尘。

七律·叹苍生

2021 年 12 月 28 日

悠悠往事去如云,
逝水东流不可寻。
岁月焉能无冷暖,
江湖势必有浮沉。

休关道上人心险,
却是凡间水浪深。
自古苍生皆过客,
功名利禄化红尘。

七律 · 居家夜思

2021 年 12 月 29 日

芳华褪去已难寻,
落叶无声化作尘。
此夜神思托紫燕,
今生夙愿付白云。

悠关冷暖风霜劲,
历尽阴晴雨雪频。
梦幻随心人易醒,
斑竹似玉月如银。

采桑子·岁末感怀

2021 年 12 月 30 日

红花绿叶成春梦，
满目沧桑。
雨雪风霜，
逝去芳华铸乐章。

深冬向晚霞光灿，
落日辉煌。
望断夕阳，
暮色长安夜未央。

七律 · 岁末感怀

2021 年 12 月 31 日

日月如梭脚步频，

今宵欲尽又一春。

来年愿望融成梦，

去岁得失化作尘。

忘却愁思深夜笑，

沽来桂酒满杯斟。

贫达不碍心神畅，

恬淡人生是本真。

后　记

笔者作为公职人员,所学专业并非中文或历史类,是典型的理工科出身,对计算机及其语言程序情有独钟,曾经算得上一位优秀的程序员,与诗词相距甚远。后来,转行从事新闻工作,与诗词也无太大关系。

2014年初,在一个偶然事件中,我填写了一首《西江月》,并于当晚发到了微信朋友圈。从此,开始了业余写诗填词。

我写诗填词,纯属在工作之余,为了换换脑子、放松心情、自己找乐儿;更重要的是,面对波涛汹涌的物欲和焦虑浮躁的尘世,要在心中保留一方净土。

为此,我经常利用候机、候车、途中及业余时间撰写诗词,差不多每天至少1首。有时双休日、节假日,每天能写几首、十几首,修身养心,权当休闲,择发微信朋友圈。

中华诗词,十分精炼,特别适合当代人利用碎片化时间阅读。很多网友都很喜欢,热情点赞,并留言表示阅之轻松、愉悦。有时,我几天不发朋友圈,一些热心的网友还私信询问。如此挺好。

继《星月集》之后,《星空集》摘录了我2021年创作的部分诗词。其间,西安交通大学出版社倾情支持,精心编制,付出了大量心血。在此,深致谢忱!

作者

2023年3月15日于樊川

扫码听音频